국화꽃 향기

국화꽃 향기

1

김하인 지음

생각의 나무

내 사랑은 절대로 움직이지 못합니다. 누구도 이 사랑을 움직일 수 없습니다.
왜냐하면 나는 당신에게만 뿌리를 박고 살 수 있는 한 그루 나무니까요.

"나무는 한 번 자리를 정하면 절대로 움직이지 않아.
차라리 말라 죽을지라도 말이야. 나도 그런 나무가 되고 싶어.
이 사랑이 돌이킬 수 없는 것일지라도……"

아프지 마. 몸도 마음도

아프지 않았으면 좋겠어. 당신은 모를 거야.

내가 얼마나 당신을 보고 싶어했는지. 얼마나 당신을 그리워했는지.

당신이 어디서 무얼 하는지 알고 싶어

하루에도 몇 번씩 수화기를 들었다가 놓곤 했지.

왜 그렇게…… 왜 그렇게…… 나를 그립게 만드니.

하지만 난 이런 날이 오리라고 믿었어.

그리고 그 믿음 때문에 아마도 나는 이제껏 숨을 쉴 수 있었을 테지.

나만의 시간은 아무런 의미가 없습니다.
내 삶이 살아 있는 시간은 당신과 함께할 때뿐입니다.

차 례

꽃잎 아기를 기다리며   15

국화꽃 향기   21

벼랑   33

바다   45

첫키스   63

결빙의 시간들   87

은빛 겨울 속의 한여름   95

국화꽃 향기 ①

은사시나무, 사랑, 가을　　111

프로포즈　　119

바다가 들어오는 방　　129

세월　　145

느닷없이 들이닥치는 것들　　157

선택　　179

　이 글을 쓰는 내내 두 사람이 그리웠습니다. 아마도 나는 뒤늦게
서야 삶의 절절함에 눈을 뜨는 청맹과니인가 봅니다. 자신이 거느린
풀잎과 꽃과 나무가 어느 날 떠나갔음을 알고 목놓아 우는 어린아이
처럼, 나는 이제서야 삶이 주는 폐허의 무게를 견디고 있습니다.

　사람이 가슴을 지니고 사는 것만큼 무섭고 아름다운 일이 또 어디
있을까요. 그 속에는 눈동자가 살아 있고 빛나는 몸짓들이 뛰어다니
고 깔깔거리는 웃음소리가 있습니다. 그것들이 사금파리처럼 가슴
깊이 상처가 되어 나의 밤을 하얗게 탈색시키고, 불면의 바다에서
허우적거리게 만듭니다.

　그 동안 여러 편의 소설을 썼지만 이렇게 가슴으로 글을 쓰기는
처음입니다. 이 글들은 누군가가 나를 지나간 발자국이고, 그 발자
국은 내 마음속 푸른 집으로 느지막이 걸어 들어와 실로폰을 두드리
듯 나를 깨웁니다.

사람의 마음속에는 계절이 들어 있습니다. 자신이 살아온 만큼의 봄과 겨울, 가을과 여름이 나이테처럼 살아 있습니다. 잎사귀를 들추듯 지난 시간을 들춰보면 그 밑에는 늘 뾰루지 같은 슬픔의 알들이 붙어 있고, 곧 어여쁜 자벌레가 되어 날개를 달아줄 수 있는 사람을 찾아 헤맵니다. 그들은 이미 하늘에 가 있거나 보이지 않는 어두운 집에 낙엽처럼 스산하게 몸을 뒤척이고 있습니다.

오늘, 이 밤바다의 별들은 자맥질을 하고 물고기들은 지상의 나무들을 그리워하여 등비늘로 뭍에 신호를 보냅니다. 그렇듯이 오리온자리에서 보내는 전언을 나는 읽습니다.

언젠가는 돌아가야 하겠지요. 오리온자리에 문패를 달 그 사람이 지상에서 한 아기가 잠들어 있는 유모차를 밀며 내 옆을 지나는 것을 어제도 오늘도 보았습니다. 그는 내가 사는 아파트 607호실에서 귀여운 딸과 함께 혼자 삽니다. 때론 내가 그인 것도 같아 나는 요즘 지독한 불면의 병을 앓고 있습니다.

　이 글은 내내 새벽이 올 때까지 쓴 것들입니다.

　사람을 사랑한다는 것은 얼마나 두려운 것인지요? 하지만 사랑 없이 산다는 것 또한 얼마나 두려운 것인지요? 그 사이에 나는 우두커니 서서 오리온자리에서 보내 오는 전언을 매일 밤 기록했습니다. 그 두 가지 두려움은 하늘이고 땅이어서 우리 사람들은 어쩔 수 없이 그 사이에 서서 누군가를 기다리는 모양입니다.

　이번 주말에는 나도 시간을 내어 향기를 가진 사람들이 머물렀던 강원도 '상운 폐교'에 내려가 볼까 합니다. 나무와 별이 된 사람이 살았던, 내 마음이 사랑하는 유적지이니까요.

　그리운 것들이 바람이 되어 우체통으로 날아갑니다.

　내내 안녕하시길 바랍니다. 따스한 커피 잔과 나뭇잎을 책갈피에 넣어 킥킥거리며 밤과 계절을 함께할 수 있는 사람을 이 해거름녘에

만날 수 있게 되기를 빕니다.

두서없는 별의 암호 같은 간단한 서신을 이제…… 접습니다. 나는 지금도 향기 나는 사람이 그립습니다. 안녕히…….

2000년 5월 21일

김하인 드림

봄, 여름, 겨울, 그리고 가을

봄, 여름, 겨울 그리고 가을
세상이 세월 속에 흐르게 하라.
공처럼 빙빙 돌면서 결코 풀리지 않게.
봄, 여름, 겨울 그리고 가을은 만물 속에 있으니
나는 사랑 속에 우리가 그 모든 것들을
갖고 있다는 것을 아노라.
이제 우리의 사랑은 지나가 버렸지.
이제 이 마지막 것이 지나가고 있지.
여름이 봄으로 가듯이 그것은 이제 나를 흔들어 깨운다.
계절들처럼 나는 변하고 어떻게든 새롭게 되리라.
—Spring, Summer, Winter, And Fall

남성 3인조 그룹 아프로디테스 차일드가 부른 곡으로 승우와 미주가 좋아했던 팝송.

꽃잎 아기를 기다리며

1999년 3월 13일

오전 10시 41분. 수술복 차림의 임산부를 실은 이동식 침대를 두 간호사와 한 남자가 뛰듯이 밀고 있었다. 푸른색과 흰색이 반반으로 칠해진 긴 복도 끝 수술실을 향해서.

어디서나 주위의 시선을 끌 만큼 준수한 용모를 가진 남자는 그의 큰 키 때문에 더욱 힘들고 초췌하게 보였다. 그는 메마르고 갈라진 입술로 침대에 누운 여자를 내려다 보며, 쉬지 않고 무엇인가 낮은 소리로 외치고 있었다. 여자는 만삭인 배를 싸안고 간간이 고통에 겨운 신음 소리를 흘렸다. 눈꺼풀이 까무룩까무룩 감기는 것으로 보아 이미 반쯤 정신을 잃은 듯했다.

남자의 가늘고 긴 손가락이 여자의 손을 꽉 움켜잡고 있었다. 파리한 얼굴의 여자가 언뜻 정신을 차리고 무슨 말인가를 하려 하자 남자는 허둥거리는 동작으로 그녀의 입술 가까이에 귀를 가져 갔다.

"거…… 걱정하지 말라구? 그래. 걱정 안 해. 당신은 잘 해낼 거야. 난 믿어. 당신과 우리 아기 모두 잘 해낼 거야!"

남자는 글썽거리는 눈빛으로 자신을 올려다보는 여자를 향해 고개를 끄덕였다. 삭정이처럼 마른 여자는 자신의 뼈마디만 남은 한 손을 움켜잡은 남자의 손등을 다른 한 손으로 쓰다듬었다.

여자는 깊은 눈빛으로 말 없이 남자를 올려다보며 희미한 미소를 지었다. 이내 극심한 고통이 온몸을 납작하게 짓누르는지 허리와 어깨를 뒤틀고 미간을 찌푸리면서 비명을 질렀다.

수술실 문을 여느라 잠시 침대가 멈춰 섰다. 남자는 떨리는 손으로 여자의 뺨을 감쌌다. 그 손바닥 안으로 여자의 눈물이 흘러내렸다.

남자는 마른침을 삼켰다.

"미주야! 나, 나, 여기 있을게. 잊지 마. 내가 지키고 있는 한 모든 게 잘 될 거야. 내 말 무슨 뜻인지 알지? 힘 내!"

여자는 바싹 말라 타들어 간 입술을 깨물며 고개를 두어 번 끄덕였다. 침대가 수술실로 들어가는 그 짧은 찰나에 그녀는 안타까이 자신의 손을 놓는 남자를 희미한 시선으로 바라보았다. 어금니를 깨문 채 자신만만한 표정을 지으며 서 있던 남자는 엄지손가락을 펴들고는 여자를 향해 활짝 웃었다. 그러나 여자는 너무나 다급한 표정으로 반쯤 허리를 일으키며 서 있는 남자를 향해 손을 뻗었다.

남자도 여자의 손을 향해 몇 걸음을 황급히 달려들었다. 그러나 그녀를 실은 침대는 이내 수술실 문 너머로 사라졌다. 코앞에서 문이 닫히자 그는 황망한 표정이 되었다. 수술실 안에서 바삐 움직이는 사람들의 소리가 새어 나왔다. 그는 얼어붙은 듯 한동안 그 앞에 서 있다가 천천히 벽에 기대어 섰다.

그는 조금 전과는 달리 금방이라도 무너져 내릴 것 같은 표정으로, 두 손을 모아 쥔 채 복도 천장을 향해 기도하는 듯 소리 없이 입술을 달싹거렸다.

"마취 시간은 40분이야."

"너무 짧은데요. 한 시간은 돼야잖아요."

"산모 부탁이야. 그러니까 빨리 정확히 체크하고 시작해야 돼. 오 간호사, 내 말 알겠어?"

다급하면서도 준엄한 여의사의 목소리가 가까이 들리더니 잠시 후 문이 열렸다. 수술 집도복을 입은 여의사가 반쯤 열린 문을 잡고 복도를 내다보자 남자는 용수철처럼 튀듯이 다가갔다.

"허 선배!"

"그래. 최선을 다할게."

"네……네."

"자리 비우지 말고 여기서 기다려."

"무……물론이에요. 미주를 잘 부탁해요."

"그래. 승우 씨! 그래……."

그녀는 무거운 어조로 같은 말을 반복했다.

여의사는 한 쪽 귀에 걸었던 푸른 마스크를 쓰면서 말의 의미를 되새김질하듯이 혼자 고개를 끄덕였다. 그리고 초조함으로 가득한 남자의 눈동자를 유심히 바라보다가 고통스러운 듯 눈을 한번 즈려 감고는 황급히 돌아섰다.

남자는 비틀거리는 걸음으로 몇 발자국을 걸었다. 반대편 벽에 나 있는 아치 형 푸른 창문 앞에 멈춰 선 그는 2층 아래 화단을 내려다보았다. 푸른빛의 하늘이 아직도 매서운 자락을 숨긴 꽃샘바람에 의해 비스듬히 기울어져 보였다. 그 아래로 희고 눈부신 라일락 꽃봉오리가 몇 송이 나뭇가지 끝에 맺혀 있었다. 대기 중에 퍼진 노란 봄 햇살을 흠뻑 빨아들인 꽃은 잘 매만져진 붓끝처럼 팽팽했다. 이내 꽃망울이 활짝 터져 오를 것이었다. 기나긴 겨울을 이겨낸 놀라운 생명력이 천사의 날개처럼 흠 없는 순백의 꽃잎이 되어 피어날 것이다.

나무 한 그루처럼 미동 없이 서 있는 남자. 그의 젖은 속눈썹이 파르르 떨렸다.

미주야, 오랫동안 힘들게 몸 속에 지녀 왔던 꽃을 드디어 피워 내는 거야. 저기 라일락 꽃나무처럼. 우리는 라일락 꽃향기보다도 더 향기로운 미소를 가진 아기를 갖게 되는 거지. 하지만……
괜한 것이 맘에 걸리는군. 저 나무가 잎 없이 먼저 꽃이 피어나
는 나무라는 사소한 것조차 말이야. 잎과 꽃이 함께 피고 벌도 날
아든다면 더 좋았을 텐데……. 저렇게 꽃이 피어 있는 기간만이
라도 다 함께 말이야. 그래, 내가 미주 네게 간절히 바라는 게 바
로 그거야. '함께'라는 말……. 당신과 아기, 나, 그렇게 함께할
수 있다면……. 그 '함께'만큼 따스하고 그립고 눈물겨운 말도
세상엔 없을 거야.

남자는 성근 미소를 지었다.

아가야…… 꽃잎이 피어나듯 곱고 부드럽게 엄마 속에서 나와
줄 수 없겠니? 지금 네 엄마는 무척 힘들단다. 이 아빠가 두려움
에 떨 만큼. 하지만 널 생각하면 한없이 맘이 설렌단다. 너를 몸
속에 가지고 있으면서 우리가 널 얼마나 그리워했는지 아니? 조
금 있으면 네 엄마가 너를 볼 수 있겠구나. 너를 꽃처럼 촛불처럼
뱃속에서 10개월 동안 보듬어 키웠던 네 엄마……. 사랑하는 아
가야, 네가 세상으로 오는 것을 더없이 환영하지만 이 아빠는 네
엄마가 걱정이 돼서 미칠 것 같구나. 난 네가 엄마를 힘들게 하지
않았으면 하고 바란단다. 꽃처럼 그냥 엄마 몸 바깥으로 피어나
길 꿈꾼단다. 아무 일이 없이, 그렇게……. 그냥 그렇게 됐으면
하고 간절하게 바라고 싶구나.

남자의 표정은 사막을 건너온 사람 같았다. 유일하게 살아 움
직이는 눈빛만이 촉촉하게 젖어 있었다. 그는 이제 나무도, 기울

어진 하늘도 보지 않았다. 자신의 속을 들여다보는 듯 고요한 눈
동자 주위엔 푸른 그늘이 드리워졌다. 그는 자신의 머리와 가슴
속에 고인 기억과 감정들을 크고 맑은 눈동자 위로 천천히 길어
올리고 있는 것 같았다.

　10년도 넘은 장면들을.

국화꽃 향기

1987년 5월 23일

집에서 나온 승우는 신림역에서 전철을 탔다.

승우는 신촌에 위치한 대학에 입학한 탓에 늘 2호선을 이용했다. 출근 시간을 넘긴 11시 무렵이어서인지 지하철 안은 한산했다. 승우의 표정에서도 오래간만에 만원 지옥철에 시달리지 않는다는 일말의 여유를 읽을 수 있었다.

180센티미터의 헌칠한 키에 수려한 이목구비와 표정, 깨끗한 살결은 보는 이의 시선을 잡아끌었다.

승우는 청바지에 푸른색 반팔 티셔츠를 입고 있었으며, 앞 머리카락이 적당히 흘러내려 와 자연스럽게 이마를 덮고 있었다. 그는 여유 있는 좌석을 즐기는 듯이 장난스럽게 앉은 다리 간격을 한껏 벌렸다 폈다를 반복했다. 좌석은 3분의 2 정도만이 차 있었다.

입시 지옥에서 풀려난 해방감을 만끽하고 있는 대학 새내기 승우의 얼굴은 연신 싱글벙글이었다. 게다가 오늘은 지난달에 가입한 대학 연합 서클인 CDS가 한 여대 근처 카페인 〈매직 넘버〉에서 처음 모임을 갖는 날이기도 했다.

그는 아코디언을 연주하며 지나가는 시각 장애자의 플라스틱 바구니에 천 원짜리 지폐 한 장을 넣은 뒤부터는 무릎에 놓아두고 있던 책을 펴서 읽기 시작했다.

『철학과 영상 문화의 만남』이란 원서였다. 해석되지 않는 단어가 나올 때마다 그는 빨간 펜으로 밑줄을 그었다. 가볍기 그지없어 보이는 영상 문화의 시원(始原)이 철학의 본류를 관통하여 궁극적으로는 신화(神話)에 맞닿아 있으며, 그 신화가 현대에는 영상이라는 맞춤복으로 바꿔 입은 것이라고 주장하는 한 미국 영화 저널리스트의 저서를 그는 열심히 들여다보고 있었다.

사진이 풍부하게 실린 책 속에 승우는 아예 코를 빠뜨리고 있었다. 외교관이었던 아버지 덕분에 6년 가까이 영어 문화권 나라에 살았던 경험으로 인해 그는 영어에는 꽤 익숙했다. 하지만 철학과 영화의 전문 용어는 아무래도 나중에 집에 가서 사전의 도움을 받아야 될 것 같았다.

신도림역을 지나면서부터 지하철 내 빈 좌석이 하나 둘 채워지더니 당산을 지나고부터는 제법 많은 사람들이 손잡이를 잡고 서 있었다.

전철이 합정역에 도착하자 승우가 앉은 좌석 가까이에 있는 문이 열리고 세 사람이 올라탔다. 한 사람은 오전부터 외근을 나온, 마냥 피곤한 표정의 샐러리맨이었고, 한 사람은 등이 구부러지기 시작한 할머니였다. 나머지 한 사람은 스물두어 살 돼 보이는 젊은 여자였다. 대략 161센티미터의 키에 호리호리한 느낌을 주는 그녀는 군복에 검정물을 들인 듯한 바지와 흰색 티셔츠를 입고 운동화를 신고 있었다. 단정하면서도 야무진 눈빛이었다. 그녀는 꽤 무거워 보이는 팸플릿 같은 크고 작은 뭉치를 두 손에 쥐고 있다가 큰 것을 내려놓았다.

홍대 입구까지 가는 동안 할머니는 손잡이를 잡고 있었지만 키가 작아 아무래도 불편한 모양이었다. 손잡이를 놓고 잡을 만한 것을 찾던 할머니는 전철이 신촌을 향해서 발차하자 일순 중심을 잃고 비틀거렸다. 그러자 젊은 여자가 할머니 앞에 버티고 앉은 승우를 돌아보며 눈에 힘을 주었다. 허여멀건 젊디젊은 사내 녀석이 비틀거리는 할머니를 앞에 두고 일어나지 않는 것에 대한 비난의 눈빛이었다. 그러나 기실 승우는 당산역을 지나면서부터는 책읽기에 완전히 빠져 있어서 책 바깥의 풍경에는 전혀 신경이 미치지 못했다.

젊은 여자는 몇 발자국 옆으로 옮겨 승우 앞에 와 섰다.

"이봐요!"

"……네? 아, 예에……!"

승우는 여자의 한 손에 들려 있던 또 하나의 인쇄 뭉치를 보곤 들어달라는 것인 줄 알고 황급히 손을 내밀었다. 하지만 젊은 여자는 쌀쌀맞은 표정으로 그를 내려다보았다.

"그게 아니구요. 앞에 서 계신 할머니가 안 보이세요?"

"아……."

승우는 신음도 탄성도 아닌 짧은 소리와 함께 황급히 책을 접으며 부리나케 일어났다.

"죄송합니다, 할머니. 어서 앉으시죠!"

할머니는 씁쓰레한 표정으로 말없이 자리에 앉았다. 승우는 그제야 얼굴이 화끈 달아올라 뒷머리를 긁적거렸다. 그 자리가 비록 장애자와 노인 지정석은 아니었지만 할머니가 앞에서 비틀거리는 것을 알았다면 승우는 곧바로 자리에서 일어섰을 것이다. 뭔가에 골몰하면 다른 건 전혀 의식하지 못하는 그의 집중력이 자초한 봉변이었다. 할머니는 괘씸하다는 표정으로 잠시 승우를 바라보더니 '예쁜 색시가 참 예의바르기도 하지!' 하는 얼굴로 여자의 짐을 받아 주겠다며 손을 내밀었다.

"아니에요. 전 담에 내려요."

전철이 속도를 늦추자 승우는 플랫폼에 박힌 역 이름을 내다보았다. 어느새 신촌이었다. 여자가 제동을 걸어오지 않았다면 틀림없이 서너 역은 더 가서 허둥거렸을 게 틀림없었다.

승우는 팸플릿 뭉치를 들고 문 앞에 서 있는 여자 뒤로 가서 섰다. 빈틈없는 자세였다. 전철의 흔들림. 문득 그녀의 머릿결에서 국화 내음 같은 좋은 향이 났다. 청명한 날씨의 푸른 들판에 핀 들국화 같은. 분명히 그 내음이었다. 놀라웠다. 수많은 사람들의 잡탕의 냄새로 향기란 게 살아 있을 리 만무한 지하철 안에서 미량의 향기를 발산하는 그녀의 머리카락 뒤에 선 승우는 가슴속에서 일어나는 경이로운 떨림을 느꼈다.

알맞은 키에 생머리를 어깨까지 늘어뜨린 그녀는 무거워 보이는 팸플릿 뭉치를 든 채 앞만 바라보고 서 있었다. 면박을 당했던 터라 '들어 드릴까요?' 하는 말도 주저되었다.

승우는 그녀의 머릿결 가까이에 코를 대고 숨을 가볍게 들이켰다. 틀림없는 국화 내음이었다. 야생의 싱그러움과 햇빛 분말이 노랗게 날아다니는 듯, 은은하면서도 담백한.

참 놀라운걸. 요즘 국화 향이 나는 샴푸가 새로 나왔나? 한 번도 맡아 본 적이 없었던 것 같은데.

지하철이 멎고 문이 열리자 그녀는 총총한 걸음걸이로 걸었다. 굳이 그녀를 따라가겠다는 생각은 없었지만 출구가 같았고 방향도 같았기에 승우는 간격을 유지한 채 뒤따라 걷고 있었다. 지금까지 몇 블록 근처에 있는 여대 쪽으로는 한 번도 가 본 적이 없었던 승우는, 지하철 구내를 빠져 나와 횡단보도 하나를 건너자 이내 길이 낯설었다. 그는 동아리 방 칠판에 그려져 있었던 약도를 머릿속에서 더듬었다. 이 정도 큰 골목일 것이다. 그러나 〈매직 넘버〉의 입구인 좁은 골목 어귀에 위치해 있다는 〈황금 가면〉을 찾아 여기저기 기웃거렸지만 도무지 눈에 띄지 않았다.

지나가는 사람들에게 물었지만 아는 사람이 없었다. 문득 20여 미터 앞에서 걸어가고 있는 팸플릿 뭉치를 양손에 든 여자는 알 것 같은 생각이 들었다. 이 근처에서 일하거나 적어도 이 일대 지리는 환할 것 같은 걸음걸이로 걷고 있었기 때문이었다.

머릿결에서 국화 향이 나는 여자……. 멀대같이 큰 키에 부지깽이같이 길다란 다리를 가진 그는 껑충거리는 걸음으로 그녀를 이내 따라잡았다.

"저……뭐 좀 여쭤 보겠습니다."

"네?"

"이 근처에 〈황금 가면〉이 어디 있는지 아십니까? 생맥주 집이라던데요?"

승우는 혹시라도 자신이 지하철 안에서의 면박을 앙갚음하려는 속 좁은 인간이나 치한으로 비쳐질까 싶어서 얼른 말을 덧붙였다.

"그 집을 낀 골목 끝에 〈매직 넘버〉란 카페가 있는데 오늘 그곳에서 모임이 있거든요!"

그러자 그녀의 표정이 묘해졌다. 웃음도 울음도 아닌 미간과 코의 주름을 살풋 잡았다가 천천히 다림질하듯이 폈다. 그녀는 자신이 들고 있는 두 개의 무거운 인쇄 뭉치를 억울하다는 듯 잠시 내려다보다가 갑자기 그에게 던지다시피 바닥에 내려놓았다.

"들어요!"

"……네?"

"신입생이죠?"

"네? ……아, 네에. 그렇습니다."

승우는 그제야 바닥에 놓여 있는 인쇄 뭉치 표지를 자세히 들여다보았다. '시네마·드림·솔저!'의 약자인 CDS란 대문자 영문 표기가 눈에 확 들어왔다. 서울권 열두 개 대학 영상 연합 서클의 공식 명칭이자 이니셜이었다.

갑자기 그녀는 옆쪽을 향해 양손 엄지와 검지손가락을 펴 사각형을 만들더니 승우에게 그 안을 들여다보라고 했다. 승우는 어리둥절한 표정으로 그녀의 네모난 손가락 통로를 들여다보았다. 그 네모를 관통하여 시선이 막다르게 닿는 곳에 영어 사전 크기로 조그맣게 나무 팻말이 걸려 있었다. 그리고 그 속에 금빛 물을 붓에 찍어 휘갈겨 쓴 듯한 〈황금 가면〉이란 글씨가 들어 있었다.

마…… 맙소사! 바로 이 골목이었군. 코앞에 두고서 헤매다니. 이거 정말 계속해서 구겨지는 날인걸!

승우는 미소를 머금은 그녀 앞에서 멋쩍은 표정으로 입맛을 다시며 뒷머리를 긁적이는 수밖에 없었다.

활달하게 골목 안으로 걸어 들어가는 그녀의 뒤를 승우는 팸플릿 뭉치를 두 손으로 집어들고 성큼성큼 뒤따랐다. 꽤 무거웠다.

"선배님 되시나요?"

"네. 난 3학년이고 CDS 회장을 맡고 있는 이미주라고 해요. 학교는 이 근처 여대죠."

"그…… 그러십니까? 전 Y대 경제학과 새내기 김승우라고 합니다. 정말 몰라 뵈서 죄송합니다."

미주는 당황한 표정이 더욱 역력해진 승우를 곯려 주려는 듯 지그시 선웃음을 깨물었다.

"평소에 하던 대로 해요. 전철 안에서 보니까 그리 예의바른 사람은 아니던데?"

"오…… 오해십니다. 그래도 제법 소신 있고 싹수있게 큰 놈이라고 자부하고 있습니다."

잔걸음을 재촉해서 미주와 나란히 선 승우는 조금 억울하다는 표정으로 그녀를 돌아보았다. 미주는 '소신, 싹수'라는 말에 입술을 내밀고, 흐응? 글쎄…… 하는 듯 고개를 끄덕거리더니 픽! 하고 가볍게 웃은 뒤 대꾸 없이 앞만 보며 걸었다.

'앞으로 너 고생길 훤하다. 잘못 걸렸어. 난 후배 한번 찍으면 계속해서 찍는 나무꾼 스타일이라구.'

미주는 그런 생각만으로도 즐거웠다.

CDS는 연합 서클이지만 일단 가입하고 상견례가 끝나면 타대학 간의 벽을 허물고 철저하게 선후배를 지킨다는 것을 승우는 익히 들어 알고 있었다. 그는 어이없게 약점을 잡힌 기분이 들었다. 벼르고 별러서 가입한 연합 서클의 선배이자 회장한테. 털털한 옷차림이지만 딱 부러진 용모에 선이 아름답고 머리카락에서 야생 국화 향기가 나는 그녀에게 말이다.

답답한 승우의 마음처럼 골목길은 헝클어져 있었고 길었다. 하지만 본 길대로만 쭉 따라가자 회칠한 벽이 있는 막다른 곳이 나왔고, 녹색으로 칠한 허름한 미닫이문 위로 〈매직 넘버〉라고 씌어진 상호가 보였다. 미주는 문 손잡이에 손을 가져다 대고는 반대쪽 손목을 들어 시계를 들여다본 뒤 승우를 돌아보았다.

"원서를 읽던데 영어를 잘 하나 보죠?"

"네. 회화는 더 자신 있습니다."

"어머, 그럼 잘됐네. 여기 서서 팸플릿과 책자를 오는 회원들에게 하나씩 나눠 줘요. 30분 정도……. 할 수 있겠죠?"

영어를 잘하는 것과 문지기가 되어 팸플릿을 건네는 일이 도대체 무슨 상관이 있담! 승우는 미주에게 계속 긁히고 있다는 기분이 들자 가볍고도 경쾌한 오기가 발동했다.

"네. 물론입니다, 선배님! 근데 허락하신다면…… 질문이 하나 있습니다."

"질문? 뭐예요?"

"전철에서 내릴 때…… 선배님 머릿결에서 국화 향이 났습니다. 오늘 어떤 샴푸를 쓰셨는지 알고 싶습니다."

뜻밖의 말에 미주는 잠시 어리둥절해 했으나 이내 재미있어 하면서도 빈틈없는 미소를 머금었다.

"그건 왜요?"

"그냥 향기가 좋아서요."

미주는 두 손을 모아 겸손한 자세를 취한 키 큰 남자 후배를 흘 끗 올려다본 뒤, 애써 고소를 참는 웃음을 지은 채 〈매직 넘버〉의 다갈색 나무문을 옆으로 밀며 말했다.

"실망시켜서 안됐군요. 난 비누 써요. 그리고…… 내가 머리 감은 지 사흘이나 됐다는 걸 말해 주기가 어째 좀 쑥스럽긴 하 네요!"

미주가 안으로 사라지자 승우는 멋쩍어진 표정을 풀며 고개를 설레설레 흔들었다. 그러면서도 자신이 선배인 그녀에게 다짜고 짜 향기를 운운했다는 것에 스스로 놀라고 있었다. 키와 외모가 두드러진 덕분이었는지 그로선 이제껏 자신이 여자에게 먼저 호 감을 표현한 적이 한 번도 없었던 것이다.

꼬인 점이 없지는 않으나 기분은 상쾌했다. 그는 무의식중에 즐겨 부르는 팝송 〈Seven Daffodils〉를 흥얼거리다가 두 명의 늙 은 대학생들이 나타나자 절도 있는 목소리로 인사를 하며 팸플릿 과 책자를 건넸다.

"어서 오십시오! CDS 회원 되시죠? 여기 있습니다!"

그들은 '누구지? 처음 보는 친군데?' 하는 표정으로 고맙다고 고개를 끄덕이면서 팸플릿을 받아들고는 미닫이문 안으로 사라 졌다.

'……흘러내리는 달빛을 짜서 당신의 목걸이를 만들겠습니다. 나는 당신에게 보여 줄 게 있답니다. 수많은 언덕 사이로 나타나 는 아침을, 그리고 드릴 게 있답니다. 일곱 송이의 수선화를!'

승우는 마음속으로 가사를 음미하며 유려하면서도 나지막한 목소리로 팝송을 부르기 시작했다. 저음에 실린 그의 목소리는 달콤하고도 섬세했다.

지금 기분대로라면 수선화 대신 국화꽃이어야 안성맞춤인데…….

승우는 혼자 가볍게 몸을 움직이며 춤을 추었다. 그는 팝송과 야구와 영화를 광적으로 좋아했다. 스킨스쿠버와 야구, 농구, 볼링도 수준급이었다. 필리핀 마닐라에서 보냈던 성장기 시절, 그는 아르바이트를 하면서 번 돈의 70퍼센트는 음반을 사는 데 썼고 나머지로는 극장 표를 샀다. 그가 모은 레코드 LP와 CD는 1천 장 쯤 되었다. 영사관으로 일했던 아버지 때문에 승우는 일찌감치 외국 문화를 접했고 거기에 익숙해졌다. 틈틈이 아르바이트를 한 이유는 자신이 번 돈으로 앨범을 불려 나간다는 기쁨 때문이었다.

팝은 특히나 노래를 받치고 있는 연주 솜씨가 탁월했다. 악기들이 제 색깔의 깊이와 화려함으로 통쾌하게 가수의 성량과 음악성을 받친다는 점. 승우는 우리 대중 음악도 좋아하긴 했지만 그 점 때문에 팝 음악을 더 좋아했다.

승우의 아버지는 20여 년간의 외교관직을 그만둔 몇년 전부터 언론 기관에 몸을 담고 있었다. 그는 외아들인 승우를 자신의 울타리 안에 가둬 두지 않고 아들이 스스로의 삶을 독립적으로 개척할 수 있도록 조심스레 유도해 왔다. 외아들이기에 혹시나 해

서, 때로는 마음이 아프더라도, 가능하다면 조금은 더 거칠고 자
유롭게 아들이 하고 싶어하는 대로 놔 길렀던 것이다. 다행히 승
우는 쾌활하고 남자답게 성장해 주었다. 독립적인 성향이 강한
승우와 어쩔 수 없이 가부장적인 권위와 위엄을 가진 아버지와의
마찰이 없었던 건 아니지만, 분명한 건 승우는 아버지를 존경하
고 아버지는 아들을 사랑한다는 점이었다.

굳이 외모에 신경쓰고 멋을 부리지 않아도 내면에서 우러나온
자신감과 반듯한 성품이 그의 깨끗한 얼굴과 표정에 잘 드러나
있었다.

"처음 뵙겠습니다. 잘 부탁드립니다."

한 무리의 대학생들이 골목 끝으로 몰려오자 승우는 춤과 노래
를 멈추고 경쾌한 손놀림으로 팸플릿과 책자를 나누어 주었다.

벼랑

1999년 3월 13일

오전 10시 51분. 수간호사와 간호사 두 명이 수술대 위에 나신으로 누워 있는 미주의 몸을 숙련된 몸짓으로 처치하고 있었다. 간호사들은 베타딘과 알코올이 묻은 두툼한 거즈로 미주의 가슴 부위에서부터 무릎 위까지 빠르고 정갈하게 닦아 냈다.

미주의 심장 박동 판독을 알려주는 심전도 그래프가 화면으로 떴다. 헉헉거리는 거친 숨결과 고통에 짓이겨진 신음 소리와 함께 옅은 가래 같은 타액이 미주의 목구멍에서 끓자 간호사가 황급히 이물질을 뽑아 내는 석션을 해 주었다.

여의사는 어렵다고 판단했지만 그래도 정상 분만을 시도했었다. 하지만 역시 미주는 무시무시한 산통에 속수무책으로 당하면서도 전혀 힘을 주지 못했다. 그녀의 체력은 이미 소진된 지 오래였다. 방법은 제왕절개 수술뿐이었다.

하지만……, 하는 망설임이 일순 여의사의 눈동자 속에서 동요를 일으켰다. 그러나 더 이상 시간을 지체하면 돌이킬 수 없는 상황을 맞을 수도 있었다. 산모와 아이, 둘 다 잃게 될지도 모르는 것이다.

여의사는 미주의 눈빛에서 뭔가를 읽어 내고는 옆에 있던 수간호사에게 황급히 어딘가로 전화를 넣으라는 지시를 내렸다.

"저…… 저…… 정란……아!"

미주는 힘들게 친구의 이름을 불렀다. 정란은 수술용 장갑을 낀 손으로 미주의 손을 보듬어 쥐며 고개를 끄덕거렸다. 미주가 지금껏 견뎌 낸 초인적인 인내와 노력, 한 사람에 대한 사랑에 정란은 목이 메는지 계속해서 고개만 끄덕였다.

"우…… 우리 아기!…… 그 사람, 스…… 승우 씨!"

"알아. 네 맘 잘 알아! 미주야, 힘들더라도 잘 견뎌 내야 해. 이제 아주 좋은 일들만 남았어. 금방 끝날 거야."

"그…… 그렇겠지?"

"그럼!"

그 사이 간호사들이 미주에게 전신 마취약 성분인 펜토탈이 들어간 혈관 주사를 놓았다. 후욱 후욱, 미주는 공기를 펌프질하듯이 간격을 두고 숨을 들이켰다. 미주의 몸 속에 마치 천국과 지옥이 있어 두 세력이 쉼 없이 영토 확장을 위해 싸우는 듯했다. 미주의 이마에 송글송글 땀이 맺히고 가느다란 목에도 땀방울이 흘러내렸다.

정란은 간호사 대신 친구의 땀을 정성스레 꼭꼭 눌러 닦아 주었다. 마취가 빠르게 전신으로 퍼지는지 미주의 눈은 몽롱하게 초점이 흐려지고 있었다. 미주는 무엇인가를 천천히 그려 보는 듯 미소를 지었다. 이미 근육 이완제도 투여된 뒤였다. 오 간호사가 다시 미주의 입을 처치하기 시작했다. 석션을 하고 산소가 공급되는 튜브를 입 속에 밀어넣었다.

그러는 동안 수술 집도복을 입은 의사 두 명이 기다렸다는 듯이 들어왔다. 은테 안경을 쓴 40대 의사와 30대 후반으로 보이는 의사가 정란과 짧게 얘기를 나눈 뒤 미주의 심장 박동 그래프와 혈압 수치, 에어 공급을 확인했다.

"언제 혈관 주사를 놓았나?"

"3분 지났습니다."

수간호사가 대답했다.

은테 안경은 시계를 한 번 본 뒤 턱 밑에 손을 가져다 대고는 절벽 아래로 추락하듯이 마취 상태에 빠져 들고 있는 미주의 얼굴과 솟아 오른 만삭의 배를 본 다음 정란을 돌아보았다.

그의 눈빛에는 착잡함이 실려 있었다. 그의 생각을 충분히 읽은 정란은 마스크 속에서 가벼운 한숨을 거푸 내쉬었다. 정란은 미주에게 최선을 다하고 싶었다. 그래서 메스를 다루고 꿰매는 기술에는 따를 자가 없다고 알려진 두 명의 동료 전문가에게 간절히 부탁해서 시간을 맞추어 대기시킨 것이었다. 간호사 둘이 다시 날렵한 손길로 나신인 미주의 몸에 남은 소량의 알코올을 탈지면과 거즈로 닦아 내었다.

흐음, 어디 한번 해 보자구!

서두르는 기색이 역력한 은테 안경이 환자 앞으로 다가서며 초조감을 감추지 못하는 정란을 다시 돌아보았다.

"닥터 허! 수혈할 피는 충분히 확보해 뒀습니까?"

"네…… 하지만……."

"압니다."

"역시 선택의 여지가 없다는 말씀이시군요."

"태아 상태는 어때요?"

30대 후반으로 보이는 의사가 정란에게 물었다.

"염려되는 상황이에요."

"자넨 환자 상태를 보고도 모르겠나? 1초라도 빨리 절개해서 꺼내지 않으면 태아에게 심각한 사태가 일어날 수도 있어. 이미 진행됐는지는 속을 열어 봐야 아는 거고. 아이가 좀 자란 뒤까지도 두고 봐야 해."

은테 안경의 말에 산부인과 전문의인 정란도 할말이 없었다. 정란이 미주만큼 염려하는 부분도 태내 아기의 건강 상태였다. 현재

로선 그 어떤 말이나 진단도 섣부른 언급이고 속단일 터였다.

환자의 얼굴을 잠시 묵묵히 내려다보고 있던 은테 안경이 곁에 선 두 의사를 돌아보았다.

"이런 상황을 가능하게 하다니, 정말 대단한 여자야……."

정란은 무겁게 고개를 끄덕였다.

은테 안경은 시계를 한번 들여다본 뒤 두 팔을 들어 어깨를 가볍게 휘둘렀다. 수술을 집도하기 직전에 어깨 근육을 간단히 푼 그는 수간호사가 건네 준 메스를 받았다. 마취가 시작된 지 8분 정도가 경과했다. 한 손에 메스를 치켜 든 은테 안경은 긴장한 눈빛으로 자신에게 바짝 붙어 서는 정란을 돌아보았다. 메스를 다루기에 불편할 정도로 가까운 거리였다.

"허 선생! 좀 떨어져요."

"죄…… 죄송합니다."

"허 선생이 허둥거리는 건 처음 보는군. 참, 마취는 몇 분짜립니까?"

"……40분입니다."

"뭐라구요? 허 선생, 지금 정신이 있어요?"

"죄송합니다. 환자의 간절한 부탁을 도저히 거절할 수가 없었습니다. 정말 죄송합니다."

"이런, 나 원 참!"

은테 안경은 곤혹스런 듯 미간을 잔뜩 찌푸리며 고개를 절레절레 흔들었다. 보통의 임산부라면 은테 안경의 능숙한 실력으로

20분 안에 제왕절개 수술을 마칠 수 있을 것이다. 그러나 이렇게 극도로 상황이 나쁜 임산부라면 최소한 한 시간 마취는 해야 했다. 이중 절개한 부위를 꿰매는 처치가 완전히 마무리되지 않은 상황에서 환자가 마취에서 깨어나는 상황도 충분히 예상할 수 있었다. 은테 안경은 몹시 마땅찮은 표정이었지만 환자에 대한 얘기를 들었던 탓에 어느 정도 이해는 할 수 있었다.

자신의 몸이 아무리 고통스럽고 목숨이 위험하다고 해도 단 한 순간이라도 자신의 아기를 자신의 눈으로 확인하고 자신의 품에 안아 보려는 그 강인하고 놀라운 모성애를.

은테 안경은 미주의 솟아오른 배 부위에 돌출된 배꼽에서 옆과 아래로 손마디 세 개 거리의 지점에 날카롭게 빛나는 메스를 가져다 대었다.

그는 세로 절개를 택했다. 제왕절개를 받는 산부들은 흉터 자국을 되도록이면 덜 남기기 위해서 가로 절개를 하는 것이 보통이었다. 하지만 가로 절개는 용출되는 피가 많아 상대적으로 봉합이 어렵고 시간이 더 걸렸다. 세로 절개는 빠르고, 무엇보다도 피의 소모량을 줄일 수 있다는 장점이 있었다. 자신의 의도가 전혀 먹혀 들지 않을 거라는 짐작이 들긴 했지만 어쨌든 현재 상황으로선 그나마 유일한 선택이었다.

수술실 안에 있는 여섯 사람 모두의 시선이 미주의 커다란 배와 메스 날에 집중되어 있었다. 정란은 그 순간 눈을 감고 하늘을 우러러 간절한 마음으로 기도를 올렸다.

'기적을 일으키는 분이 계시다면 도와 주십시오. 미주가 여기까지 오는 데 얼마나 많은 고통을 겪었는지 잘 알고 계시다면 도와 주셔야 합니다. 제발 그렇게 해 주십시오.'

메스 날의 끝이 살갗을 파고들었다. 아주 잠깐 흰 속살이 열리는 듯싶더니 이내 붉은 빛이 온도계 눈금처럼 메스 날을 뒤쫓았다.

수술실 밖 복도. 승우는 희고 서늘한 이마를 벽에 대고 서 있었다. 닫혀진 수술실 문을 거듭 돌아보면서 그는 손으로 가슴을 누르며 애써 무엇인가를 참아 냈다.

"승우야……!"

아버지 목소리였다.

승우는 대기인을 위한 주황색 의자가 10여 개 놓여 있는 입구 쪽으로 고개를 돌렸다. 아버지 뒤로는 서늘한 표정의 어머니가 말없이 서 계셨다. 어떻게 알고 오셨을까. 아무에게도 알릴 여유가 없었는데. 어쩌면 허 선배가 연락을 취한 것인지도 몰랐다. 그러나 그것은 중요하지 않았다. 그의 마음은 온통 굳게 닫힌 수술실 안쪽에 가 있었다.

점잖은 회갈색 아르마니 양복과 프라다 투피스를 입은 승우의 부모는 그 동안 지독한 지옥의 터널을 통과해 온 외아들을 향해 천천히 걸어왔다.

"애기는……?"

아버지가 물었다.

승우는 순간적으로 혼란이 왔다. 산모인 아내를 묻는 것인지 아내 뱃속에 있는 아기를 묻는 것인지 알 수 없었다.

"……수술중이에요."

어머니는 무슨 말인가를 꺼내려다가 고개를 모로 꺾었다. 물기가 빠지고 탈색된 귤 껍질같이 파삭해진 아들의 낯빛과 야윈 모습에 억장이 무너지는지 입술을 질끈 깨물었다.

하지만 승우는 어머니를 보지 않았다. 처음부터 지금까지 미주와의 결혼을 완강히 반대하고 탐탁지 않게 여겼던 어머니였다. 식장에도 나타나지 않았을 뿐만 아니라 그 뒤에도 미주를 며느리로 인정해 주지 않던 어머니였다. 자상하고 교양 있는 어머니의 얼굴 뒤에 그토록 완강한 분노가 자리잡고 있었다니. 외아들에 대한 기대를 이해하지 못하는 것은 아니지만, 사랑하는 여자와 결혼했다는 이유로 부모와 자식 간에 의절하다시피 하고 살아야 할 이유는 찾기 힘들었다.

아버지는 고요한 눈빛으로 아들을 응시하고는 툭툭 어깨를 두드렸다.

"희망을 가지고 기다려 보자."

아버지의 말에 승우는 하얗게 분말이 날리는 듯한 미소를 슬몃 머금었다. 그의 얼굴은 깊은 슬픔으로 금이 가 있었다.

희망요? 어떤 희망을 말씀하시는 건가요? 미주와 제가 지난 반년을 어떻게 살았는지 아세요? 절망과 희망이란 말에 골백 번도 더 상처를 입었어요. 제발, 아무 말씀 마세요.

눈빛으로만 그렇게 외쳤을 뿐 승우는 마른 입술을 굳게 다물고 있었다. 고개를 떨구고 있던 어머니는 마땅히 시선 둘 곳을 찾지 못한 채 허허로운 눈길로 병원 천장이며 벽을 휘돌아 보았다. 그러더니 돌아서서 손수건으로 눈 꼬리를 찍었다.

어머니는 지금 무슨 생각을 하실까? 매몰차게 미주를 대했던 일? 아들에게 다시는 집 안으로 발을 들여놓지 말라고 했던 일? 아니면…… 수술실에 들어가 있는 며느리에게 가책을 느끼는 걸까? 그것도 아니라면…… 녀석아, 지금 처한 상황을 봐라. 네 꼴을 봐. 에미가 돼서 자식이, 그것도 외아들이 잘못되기를 바라는 부모가 어디 있겠니? 다 그럴 만해서 반대했던 것 아니냐! 어느 부모가 아들보다도 세 살 위의 연상의 여자, 그것도 서른을 넘긴 며느리를 맞고 싶어하겠니? 결혼한 지 4년이 되도록 아이가 생기지 않더니 겨우 아이를 가져선 이게 무슨 꼴이란 말이냐. 내가 뭐랬니? 여자가 건강한 자식을 생산하려면 20대가 좋은 법이라고 하지 않던. 그게 자연의 섭리야. 게다가 넌 외아들이 아니냐? 지금껏 너를 이만큼 키워 온 부모로서 그 정도 욕심을 부리는 건 당연하다고 생각한다. 세상이 아무리 달라졌어도 본질적인 건 변하지 않는다. 가족의 본질은 바로 보수성이야. 그 보수성이 지금껏 가족과 이 사회를 지탱해 온 힘이라는 걸 너도 깨달아야 해.

어머니에게는 일찌감치 승우의 배필로 점찍어 놓은 며느릿감이 있었다. 승우의 아버지가 필리핀 영사로 근무할 당시 상관이었던 대사의 둘째 딸 영은이. 승우보다 한 살 아래인 영은은 처음 만났을 때부터 승우를 좋아해서 10년이 넘도록 해바라기처럼 승우의 주변을 맴돌았다. 영은은 발랄하고 건강한 데다 애교도 있었고 붙임성도 많았다. 얼굴도 귀여웠고 몸매도 예뻤다. 마닐라 대학에서 치의학을 전공한 영은은 1년에 두어 번씩 한국에 들어와 승우의 마음을 얻고 싶어했지만, 승우는 그녀를 언제나 동생으로만 대할 뿐 끝끝내 연인으로서는 받아들이지 않았다.

승우가 결혼한 지 1년 뒤 영은은 필리핀에서 대학에 출강하는 교포 교수와 결혼했다. 아들 하나, 딸 하나를 낳고 잘살고 있다는 소식을 들을 때마다 어머니로서는 복장이 터질 노릇이었다.

아버지는 중간자 입장이었다. 양쪽에서 팽팽하게 맞서 있는 아내와 다 커 버린 아들 사이에서 그 동안 정신적인 고통이 컸었다. 아버지와 어머니, 아들 모두가 상처 입은 사람들이었다. 그리고 그 삼각형의 정점에 미주가 있었다.

기적을 일으키는 분이 계시다면 도와주십시오. 제발 도와주십시오.

다이애나

그녀는 나보다 나이가 더 많지요.
하지만 난 그런 것에 신경 쓰지 않아요.
다이애나여! 내 곁에 머물러 주오.
그대가 근처에만 와도 온몸이 얼어붙어요.
이런 내 마음을 그대는 왜 몰라주나요.
나에겐 당신밖에 없어요.
지금껏 어느 누구도 내 마음을 이처럼
빼앗아 간 적이 없었어요.
오직 당신만이 내 모든 것을 빼앗아 갔어요.
그대가 한번만 나를 포옹해 준다면
나는 더 이상 바랄 게 없어요.
―Diana

폴 앵커가 열다섯 살 때 부른 곡으로, 1987년 여름 경포대 근처 안목 백사장에서 승우가 미
주에게 불러 줬다.

바다

1987년 8월 7일

서른두 명의 젊은 무리는 강릉행 기차를 탔다. 시네마 드림
솔저. 서울권 대학 영화 동아리인 CDS 회원들은 완전 군장한
군인들처럼 커다란 배낭과 단편 영화를 찍을 수 있는 촬영 장비
를 갖추고, 청량리 역에서 강릉으로 가는 무궁화호 기차에 몸을
실었다.

영화 촬영 일정을 겸한 MT였다.

학교를 졸업한 오비 멤버들도 세 명이나 참가했다. CF 조연출

일을 하는 성호, 방송국에서 구성 작가로 일하고 있는 민선, 충무로 영화판에서 기반을 닦고 있다는 기출이 그들이었다.

"날씨도 후텁지근한데 모두들 한 캔씩 때리자!"

무궁화호가 속도를 내기 시작하자 미주는 쥐고 있던 볼펜으로 승우를 지목한 뒤 일행을 가리키며 한바퀴 원을 그렸다.

"오케이! 탁월한 명령이심다!"

승우는 선반에서 비닐로 밀봉된 캔맥주 종이 박스를 바닥에 내려놓고 민첩하게 뜯었다. 일행이 모두 야단들이었다.

"야! 김승우! 이쪽부터 던져!"

"읍후후, 어찌 감히 선배님께 던질 수가 있겠습니까. 두 손으로 공손히 갖다 바쳐야지."

"얌마! 통째로 갖다 주든지 던지든지 둘 중에 하날 선택해. 그렇게 천천히 돌리다간 여기 끄트머리에 있는 사람들 전부 다 목말라 죽는다."

그러자 근처에 있던 두 사람이 달려들었다. 야구공처럼 캔맥주가 허공에서 마구 날아다녔다. 승우는 캔맥주 두 개를 가져다가 회장인 미주와 자칭 영화 광고 감독이라고 소개한 선배 성호에게 내밀었다.

"고마워. 역시 승우밖에 없어."

"일꾼으로 말입니까? 아님, 남자로 말입니까?"

"얘가…… 술도 안 마시고 취한 모양이네. 짜샤! 말할 필요 있나! 선택의 여지없이 전자야!"

"그래요? 쩝쩝……. 저한테는 그 말씀이 마치 감당 못할 술을 부르는 주문 같은데요? 여지가 없다는 말씀은 너무나 가혹하십니다."

"그런가? 그럼 여지는 있어. 됐지?"

"감사합니다."

"어이구, 못 살아요! 하지만 싹싹하고 일 잘하는 우리 귀염둥이 승우가 없으면 난 정말 못 살지."

"너무나 타당하신 말씀인 줄 아뢰오."

"에구, 그만 됐네요. 가 보슈. 난 성호 형과 상의할 게 많으니까 말이야."

미주는 캔맥주를 기울여 마셨다. 구레나룻과 턱수염을 기른 성호 역시 캔맥주를 따며 미주가 들이민 단편 시나리오 대본을 받아 무릎에 놓았다. 제목은 프랭클린 J. 스캐프터 감독의 〈혹성 탈출〉과 닮은 〈지구 탈출〉이었지만, 〈혹성 탈출〉과는 전혀 딴판으로 우주 여행이나 외계인과는 관련이 없었다. 내용을 압축해서 말하자면 두 연인이 바다로 이별 여행을 와 헤어지면서 겪는 해프닝으로 약간은 어두운 결말을 담고 있었다.

"중반부터 좀 칙칙하죠? 산뜻하게 잡고 싶었는데. 어느 신부터 핀트가 나갔는지…… 선배가 한 번 자세히 봐 봐요."

"야아, 그걸 내가 어떻게 아나?"

"비싸게 굴지 말구요. 오비 멤버들을 공짜로 먹여 주는 건 다 이런 대가 때문이 아니겠어요?"

"햐아, 여기도 정말 삭막하게 변했군. 내가 회장 할 때는 선배들 속옷까지 선물로 챙겨 줬었다. 깔끔하고 산뜻하게 살라고 말야. 그런 성의도 없으면서. 이거 좀 오랜만에 만사 잊고 좀 쉬려고 따라 왔더니만 오히려 스트레스를 팍팍 주는구면."

"그래도 감각 하면 선배가 왔다 아니에요? 앵글 정확하게 맞춰 주면 제가 선배 속옷인들 자비로 못 사 드리겠어요?"

"흐음, 이제야 좀 구미가 당기는군. 한 번 보자구. 누가 쓴 건데?"

"줄거리와 윤곽은 회의 때 모아진 거고 작업은 제가 했어요. 북치고 장구 치는 우를 범하지 않으려면 따끔한 지적이 필요하다는 거죠 뭐."

"좋아, 그럼 이제부턴 내가 널 좀 가슴 아프게 해 주지!"

성호는 다리를 꼬더니 그 위에 시나리오를 놓고 펜을 들고 읽어 내려가기 시작했다. 미주는 그의 옆에 바짝 붙어 앉아 긴장한 표정으로 캔맥주를 홀짝거렸다.

"나타내려고 하는 게 정확히 뭐야?"

"포커스가 남자 쪽에 맞춰져 있어요. 남자 심리죠. 사랑하는 여자가 자신을 떠난다. 헤어지자고 한 쪽도 여자구요. 돌이킬 여지가 없다. 남자는 사랑을 잃자 지구가 공허하게 변했다. 삭막해진 별에 살 자신이 없는 남자는 지구를 떠난다. 그런 내용이에요. 결말은 좀 슬프긴 하지만 코믹하게 그림이 나오길 바래요."

"그래? 그거 표현하기가 쉽지 않을 텐데? 무슨 우주선 쏘는 걸

촬영할 것도 아니잖아?"

"끝 신 몇 개에 그런 심리적인 장치가 암시되어 있어요. 폭음탄, 신발, 발자국, 텅 빈 바다, 반짝이는 별, 남자의 웃음 소리 등이죠. 남자가 여자와 함께 마셨던 빈 캔맥주가 바다에 둥둥 떠다니는 장면이 밤하늘과 오버랩되는 거예요. 그런 것들이 의도대로 맞물려 떨어질지 봐 달란 말이에요."

"야아, 너무 어렵다. 이거 정말 단단히 잘못 걸려들었군!"

성호는 시나리오의 낱장을 넘기고 미주는 열심히 문제의 소지가 있는 대사며 장치를 지적하고 그의 의견을 구했다.

그들 좌석과 대각선으로 마주한 좌석에는 승우와 정란이 앉아 있었다. 정란은 CDS 멤버들 중 유일하게 의대생이었다. 정란은 고교 때부터 단짝 친구인 미주의 권유에 의해 CDS에 가입하긴 했지만 영화 활동은 전무하고 행사 때만 간혹 나타나는 정도였다.

턱이 뾰족하고 작은 안경 때문에 쌀쌀맞아 보이는 정란은 대인 관계가 원만한 편이 아니었다. 모임에 나와서도 구석에 조용히 앉아 있다가 사라지곤 했다. 하지만 많은 CDS 회원들 중 그녀가 미주 외에 편하게 생각하는 사람이 바로 승우였다.

승우에게선 햇빛이 느껴졌다. 그에게는 움직이고 말할 때마다 사람을 기분 좋게 만드는 청량한 바람 기운 같은 것이 있었다. 그것은 부유하고 화목한 가정에서 자라난 사람에게서 느껴지는 평화로움 같은 거였다. 어떤 말과 행동을 하든 구김살이 없고 음습

한 그림자가 느껴지지 않는 것이 승우의 장점이었다. 그러기 위해선 남들보다 약속을 잘 지키고 남들보다 한 걸음 더 빨리 움직이는 성실함이 요구되는데, 승우는 그것을 썩 잘 해내고 있었다.

상대가 아무리 허점을 보이고 흐트러져도 끝까지 자신의 자리를 떠나지 않고 상대를 위해 뒤치다꺼리를 해 줄 것 같은 따스한 성격의 소유자.

승우가 CDS에 가입한 후 정란에게는 직선적이고 활동적인 미주를 만나 보는 즐거움에 승우를 보는 기쁨이 추가되었다. 정란은 지금껏 주변에서 승우와 같은 남자를 보지 못했다. 실력도 있는 데다 성격도 밝고 매사에 긍정적이면서 노력하는 자세를 끝까지 잃지 않는, 게다가 인간성까지 좋은 네 박자를 골고루 갖춘 남자를 만난다는 건 쉽지 않은 일이었다. 심지어 이런 아마추어 영화판에조차 고뇌하는 영상 예술인 운운하며 치기와 방만이나 섣부른 오만을 부리는 칙칙함이 난무하지 않는가.

승우의 나이가 세 살이나 어리다는 게 정란에겐 벽이라면 벽이었다. 하지만 까다로운 성격의 그녀는 남자보다는 아직 공부에 더 집몰하는 의학도였다.

정란은 캔맥주를 따지도 않고 만지작거리면서 들판에 쏟아지는 햇살과 녹음으로 우거진 먼산들이 바뀌는 차창 풍경을 바라보고 있었다. 캔맥주 하나를 다 마시고 두 번째 캔도 거의 다 비워 가던 승우는 미주 쪽을 연신 건너다보고 있었다.

"정란 선배!"

"으……응?"

"저기 성호 선배라는 사람 잘 알아요?"

"좀 알지. 왜?"

"그냥요. 어떤 사람이에요?"

"졸업한 지 2년 됐고, 대학 재학 시절에 세계대학생 단편영화 대회에서 우수상을 탔었어. 제목이…… 〈바퀴벌레 가족〉이었지 아마."

"〈바퀴벌레 가족〉요? 어떤 내용인데요?"

"글쎄…… 어떻게 얘기해야 하나? 장판 밑에 사는 바퀴벌레들과 천장 밑에 사는 사람들을 대비시켜서 인간이 바퀴와 같은 종류란 것을 증명해 내려는 저 선배의 실험 정신이 높게 평가받았었지. 남루한 일상이 화면의 대부분을 차지하고 있었지만 꽤나 시적으로 그림이 잘 빠져 나왔어. 연출 실력이 있는 거지."

"그런데 어째서 본격적인 영화 세계로 들어가지 않고 광고판으로 들어갔죠? 바퀴벌레 박멸 광고를 찍기 위해선가?"

"그건 나도 모르지. 저기 앉아 있으니까 네가 직접 물어 보지 그러니? 근데…… 너 좀 이상하다. 저쪽에 왜 그렇게 신경을 쓰는 거니? 내가 잘못 본 건가?"

"신경은요 뭐. 핫하하, 술 마신 김에 재미삼아 한번 비틀어 본 거죠."

"너답지 않다 얘, 이젠 그만 마셔. 저번에 보니까 술도 잘 못하는 것 같던데!"

"염려 마세요. 캔 세 개까지는 끄떡없어요. 더군다나 소녀 같은 명징한 사색을 즐기는 허 선배 옆에 앉아 가게 되니까 기분이 그만인걸요."

"소녀? 칭찬인지 욕인지 마구 헷갈린다."

"그럴 리가요. 흠, 제 생각엔 사람들은 두 부류가 있다고 생각해요. 순수의 대지에 뿌리를 박은 나무 같은 사람들과 활동성이 강한 동물? 짐승? 아무튼 그런 사람 군이 있는 것 같아요. 준거는 그 속에 든 마음이죠. 의식과 무의식적인 경향을 통틀어서요. 어느 쪽이 좋다는 흑백 논리까진 필요하지 않지만 허 선배는 느낌이 전자예요."

"그래? 그럼, 너는?"

"저요? 전 운동을 꽤 즐기고 잘하는 편이지만 사람에 한해서는 아무래도 나무과인 것 같아요. 한번 누군가에게 뿌리를 박으면 오랫동안 움직이지 않는 나무요."

"오호…… 그럼 우린 같은 과네. 동류항이고."

"맞아요."

승우는 키득키득 장난스럽게 웃었다. 그러면서도 시선은 언뜻언뜻 미주 쪽을 향했는데 시선이 다시 돌려질 때마다 승우의 표정은 서늘해져 있었다. 일말의 조바심 같은 기운이 나무가 은밀히 토해 내는 페로몬처럼 예민하게 그의 몸에서 뿜어져 나오는 것 같았다.

그때 처음으로 정란은 승우가 미주를 좋아하는지도 모른다는 생각이 들었다.

승우가 아, 하고 짧은 탄성을 내질렀다.

"허 선배님! 선배님은 인체를 공부하죠? 물어 보고 싶은 게 있어요."

"뭔데?"

"어떤 여자 머리카락에서 언제나 국화 향이 나거든요. 그런데 샴푸를 쓰지 않는대요. 성격이 털털한 편이어서 머리도 사나흘에 한 번씩 감는다는데, 신기하게도 언제나 야생 국화 향기가 나거든요. 비누도 목욕탕에서 흔히 볼 수 있는 평범한 비누를 쓴다는데……. 근데 그게 의학적으로 가능하기는 해요? 아님 제 코 기능이 잘못된 건가요?"

승우의 질문은 의학과 아무런 관련이 없었다. 차라리 향을 제조하고 취급하는 조향사에게 물어 보거나 심리를 전공하는 사람에게 물어야 할 터였다.

"다른 사람들도 그 여자 머리카락에서 같은 냄새가 난다고 그러던?"

"아뇨. 저만 맡아요."

"네가 개코라 그런가?"

"선배님! 저한테는 꽤 심각한 질문이에요."

장난기 없는 얼굴이었다. 정말 그렇다면 그건 인체가 내뿜는, 증명되지 않는 자장력의 파동 때문인지도 모를 일이었다. 이를테면 운명적으로 끌리는 사람들 사이에는 해석이 안 되는 영역이 있다. 남들 눈에 단점으로 보이는 것도 무조건 예뻐 보이고, 남들 귀에는 쇳소리 나는 목소리여서 듣기에 영 거북한데도 터프하고 매력적으로 들리는 것 등이 그런 유에 속할 것이다.

마음이 빚어 내는 마술이라고 하는 편이 옳을 것이다. 특별히 마음에 두고 있는 사랑하는 사람에게만 일어나는. 마음속에 그 사람이 들어와 아름답고 달콤한 환상을 불러일으키는 신비한 마법 말이다.

정란이 그렇게 설명하자 승우는 얼굴이 조금 붉어지며 멋쩍어하는 표정이 되었다.

맞은편 대각선 좌석에 앉은 성호가 볼펜 끝으로 곁에 앉은 미주의 이마를 톡톡 두들겼다. 성호는 원래의 각본에서 시간적인 순서 배열과 몇 개의 신 자체를 없애면 훨씬 간단 명료하게 감독이 의도하는 목표까지 갈 수 있다는 판단을 내린 듯했다.

미주는 열심히 문제의 신 넘버를 체크하고 여백에 기록하면서 성호의 조언을 받아들이고 있었다.

"야아, 근데 미주 너 너무 열심이다."

"그럼요. 나 대학 마치자마자 충무로를 바짝 긴장하게 만들 거예요. 그전에 해외 단편영화제에서 대상 하나 거머쥐는 게 목표구요."

"어이구, 꿈은 야무져요. 한국 영화판이 그렇게 만만하다면 내가 충무로에 가 있지 여자들 스냅 사진이나 찍고 있겠나?"

"그야 선배는 단기간에 이루려는 의욕이 앞서기 때문이죠 뭐.

전 시간이 걸리더라도 하나하나 밟아 나갈 거예요. 밑바닥부터 한 계단 한 계단, 긴장을 늦추지 않고 있다가 언젠가 불시에 내게로 오는 기회를 확 잡는 거죠."

"햐아, 멋지다. 그런 의욕이라면 몇 년 안에 충무로에 굉장한 여감독 하나가 짠, 하고 뜨겠군. "

"선배가 카운트다운이나 세 줘요."

"내가?"

"선배가 마당발이란 거 다 알아요. 가능성 있는 후배를 소개시켜 주는 정도야 무리한 부탁도 아니잖아요?"

"하하하, 내 코가 석자인데? 어쨌든 좋아. 시나리오와 연출 공부를 충분히 한다면 기꺼이 내가 네 발에 밟혀 주지."

"설마 김소월 시를 읊겠다는 건 아니시죠?"

그러고는 승우 쪽을 건너다 보며 빈 캔을 흔들었다.

"승우야! 남은 것 없냐?"

"없는데요."

"뭐야? 아니, 두 박스를 벌써 다 마셨단 말이야?"

"인원이 몇 명인데요. 1인당 두 캔씩도 모자라는데. 핫하하하, 하지만 난 세 개나 마셨지롱!"

"너 싹수가 보여서 내 조감독으로 데뷔시켜 주려고 했더니 이제 보니 여엉 아니올시다야. 윗사람 위해 목숨 걸고 캔 두 개 정도 슬쩍 해서 짱 박아 두는 충성심 없이는 영화팬은 될 수 있을지 몰라도 결코 영화쟁이는 되지 못한다 너."

그러자 승우는 실실 웃으며 일어나 "어이…… 어디 속 시원하게 맥주를 내버리고 올까나 담아 올까나" 하더니 빈 캔 두 개를 가지고 양반 걸음걸이로 차량 사이에 위치한 화장실 쪽으로 건너 갔다.

쟤, 빈 캔은 왜 가지고 간대? 몰라. 정말 거기에 쉬를 해서 담아 오겠다는 건 아니겠지? 설마…… 괜히 너스레를 떨어 보는 거겠지.

정란과 미주는 그가 밉지 않다는 듯 피식 웃었다. 정란이 반쯤 남은 캔을 미주에게 들어 보였다.

"반 남았는데 너 마실래?"

"아냐. 옆에 선배도 참고 있는데 뭘."

잠시 뒤 승우가 차체의 흔들림 때문에 휘청거리는 걸음으로 다가와 미주의 좌석 옆에 섰다. 체크한 대본을 다시 훑어 보던 미주의 눈이 장대처럼 큰 키를 올려다보느라 커다래졌다.

"또 왜?"

"제가 목숨 걸었다는 것을 증명해 보이겠습니다."

"얘가 또 왜 이러나? 귀여운 짓도 자꾸 하면 징그럽다 너."

그 말을 들었는지 못 들었는지 승우는 청바지 뒤춤에서 쌍권총을 뽑아 들듯이 아이스 된 캔맥주 두 개를 뽑아 들었다. 서울에서 사 들고 온 맥주와는 다른 제품이었다. 짱 박아 두었던 건 아니고 승우가 일부러 무궁화 열차 홍익회 판매 카터에서 사 온 게 분명했다. 미주는 캔맥주 두 개를 흐뭇하게 받아들면서 모른체했다.

"야아, 역시 승우는 사람을 기쁘게 하는 테크닉이 있어."

"흐음, 충성심이 있군 그래."

성호가 턱수염을 쓸며 말했다.

"어쨌든 고마워. 승우야."

"천만의 말씀입니다."

승우는 기분 좋게 정란의 옆자리로 돌아와 앉았다. 미주는 캔 하나를 성호에게 넘겼다. 두 사람은 마치 축포를 터트리듯이 따서 쭈욱 들이켰다. 얼음 박스에 들어가 있어서인지 더없이 시원하다는 표정이었다.

승우는 두 사람을 보고 키득거렸다.

"선배님들! 제 엉덩이에 달렸다가 나온 맛이 어떻습니까?"

"아, 굿이야!"

"원더풀! 난 승우 엉덩이가 얼음 덩어린지 몰랐네?"

"어떻게 아셨습니까? 제가 벗으면 이거 완전히 얼음 조각상입니다. 다비드 상이 절 보면 스스로 자폭할걸요."

"못 말려 못 말려. 정란아, 뭐 하니? 쟤 더 이상 날아다니지 않도록 네가 좀 꽉 잡아 줘라. 떨어져 부숴지면 이거 완전히 아이스케키가 되는 거잖아."

"그럼, 주워서 빨아 먹어야 되겠네? 어째 좀 상상력이 불순한 쪽으로 가는걸!"

성호가 유들유들한 표정으로 미주를 돌아보며 킬킬거렸다.

"에이, 선배도! 참신하기 그지없는 플래시맨을 두고 할 농담이 따로 있지. 성호 선배 체신 좀 지켜요, 지켜!"

몇 마디가 좌석과 좌석 사이에서 오고 갔지만 미주가 시나리오에 눈길을 떨구자 그 열기는 잦아들었다.

차창 풍경을 바라보던 정란이 승우에게로 고개를 돌리며 나지막한 목소리로 말했다.

"승우야, 아까 네가 말한 국화꽃 향기가 난다는 여자가 혹시 미주 아니니?"

승우는 느닷없는 일격을 받은 듯 할말을 찾지 못했다. 마음을 들킨 사람의 표정. 아직 익지도 않고 발효되지도 않은 마음 일부가 뜯겨져 흘러 나온 것 같은. 정란 선배가 모를 것이라고 생각하고 물었던 것이 실수였다. 내 속에 이런 조급성이 숨어 있었다니……. 승우는 갑자기 자신에 대해 화가 치밀어 올랐다.

"맞구나? 너?"

"……예."

"어머나! 웬일이니?"

정란은 가벼운 탄성을 질렀다. 그 탄성 속에는 예기치 못했던 놀라움과 함께 친구 미주에 대한 부러움도 숨겨져 있었다.

상큼한 얼굴과 날씬한 몸매를 가리는 털털한 옷차림새 그대로 미주는 외양에 신경쓰기보다는 불꽃 같은 열정과 열망을 소중히 생각하고 있었다. 20대 초반에 자신이 걸어가야 할 길을 확고히 본 사람의 아름다움. 그것은 남자 여자를 떠나 신념 있게 길을 걸어가는 사람만이 지닐 수 있고, 발산할 수 있는 광채였다.

정란은 큰 제스처로 열심히 뭔가를 말하고 있는 미주를 건너다 보았다.

미주는 부모님 두 분 모두 교사인 집안의 둘째 딸이었다. 부유하지도 가난하지도 않은 평범한 분위기에서 성장했다. 그러나 강한 열정의 근원이 과연 어디일까 싶게 고등학교 때부터 확고한 자기 세계를 가지고 있었다. 여자라는 성에 갇히지 않고 당당하게 사는 것. 그것이 미주의 신념이었다. 자기가 좋아하는 일에 삶을 불사르겠다는 의욕이 있었다.

미주의 목표는 영화였고 제작자였으며, 우리 나라의 영화를 세계 5대 도시의 수백 개 극장에서 한날 한시에 간판을 올리는 일이었다. 연극영화과에 수석으로 입학한 것도 그런 의지의 첫걸음에 다름아니었다.

정란은 곁에 앉은 승우와 미주를 번갈아 바라보았다. 승우가 미주를 얼마만큼 좋아하는지 지금으로서는 가늠하기 어렵지만 엇갈린 좌석만큼이나 잘되기 힘들다는 느낌이었다. 미주가 좋아하고 사랑할 타입의 남자는 자신과 똑같은 타입의 남자였다. 현실에 굴함이 없이 밀어붙이는 힘, 좌절을 겪을지라도 결국은 킬리만자로의 봉우리처럼 일어서는 그런 남자 말이다. 나이가 적다는 점을 떠나 남자로서 승우의 장점은 참으로 많지만 그것으로는 미주가 그를 선택하기에 뭔가 불충분하게 느껴졌다.

정란의 마음을 읽었는지 잠시 침묵을 지키던 승우는 뒷주머니에서 담배를 꺼내 들고는 객차 사이의 승강대가 있는 곳을 향해 걸어 나갔다.

그 사이에도 미주는 눈빛을 반짝거리며 성호와 거의 이마를 맞
닿다시피 한 자세로 어떻게든 좋은 작품을 만들어 보려고 최후까
지 시나리오 수정에 골몰하고 있었다.

어떤 여자 머리카락에서 언제나 국화 향이 나거든요.
신기하게도 야생 국화 향기가 나거든요.

당신은 나의 세계

당신은 나의 세계, 나의 숨결.
당신은 나의 세계, 나의 움직임.
다른 이들은 하늘 한가운데서 저 별들을 찾아냈지만
나는 당신의 눈 속에서 그 별들을 본답니다.
나뭇가지가 태양을 향해 손을 펼치는 것처럼
나의 손은 사랑을 향해 펼칩니다.
당신의 손을 내 손 위에 포개 놓을 때면
신성한 힘이 솟구치지요.
당신은 나의 세계, 나의 낮과 밤.
당신은 나의 세계, 나의 기원.
우리의 사랑에 끝이 온다면
그건 나의 세계의 종말을 의미하지요.
그래서 당신은 아, 세상의 끝이랍니다.
끝이랍니다.
—You're My World

헬렌 레디가 불렀으며, 경포대 근처 안목 백사장에서 승우가 미주에게 불러 준 노래.

첫키스

여름 해변에 온 한 남자와 한 여자의 이별 해프닝을 그린 단편 영화 〈지구 탈출〉을 촬영하는 데는 꼬박 2주일이 걸렸다. 챙이 넓은 모자에 선글라스를 끼고 반바지와 헐렁한 셔츠 하나만을 걸친 채 쉼 없이 악을 써대던 미주는 촬영에 돌입한 지 사흘 만에 목이 쉬어 버렸다. 승우는 작품에 필요한 소품들을 현지에서 조달해 내느라 바다에 한 번 제대로 뛰어들지도 못하고 발바닥에 물집이 대여섯 군데나 생기고 말았다.

미주는 무서운 기세로 빡빡하기 그지없는 촬영 일정을 맞춰 나갔다. 바닷가 해변에 남자가 써 놓은 낙서 위에 게가 조그만 소시지 덩어리를 물고 들어가는 마지막 촬영을 끝내자 미주는 드디어 '오케이!' 사인을 내렸다. 그 한 신을 찍는 데 무려 두 시간이 넘게 걸렸다.

오케이 사인과 함께 서른 명이 넘는 스태프와 출연자들 전부는 와! 하는 함성을 지르며 파도가 넘실거리는 푸른 바닷속으로 뛰어들었다. 긴장이 확 풀린 미주는 그 동안 힘들었는지 모래사장에 큰 대 자로 벌렁 드러누웠다.

"선배님, 모래찜질해 드릴까요?"

"승우구나. 야, 너도 바다에 들어가 놀아. 에구, 모르겠다. 니 맘대로 해라. 지금 내 몸이 내 몸이 아니다."

"피로를 푸는 데는 모래찜질이 그만이죠."

승우는 여름 햇빛으로 달구어진 모래를 미주의 몸 위에 덮었다. 모자 챙으로 가린 얼굴과 목만을 남긴 채 미주의 몸은 금세 모래로 불룩하게 덮여 버렸다.

"야아, 아주 묻어라 묻어. 애가 아주 날 죽이려 드는군."

"기분이 어때요?"

"뜨끈뜨끈한 게 괜찮군. 하지만 좀 무겁네."

"나중에 다른 걸로도 덮어 줄 수 있어요."

"다른 거? 뭘루?"

"뭐어…… 장미꽃잎이나 나뭇잎 같은 걸로요. 낭만적일 것 같지 않습니까?"

"네가 그런 얘기하니까 닭살 돋는다. 그런 건 니 애인한테나 해주는 거야. 넌 가끔 가다 오버하는 게 탈이라구."

그날 밤은 백사장에서 밤새워 술을 마시는 술 파티였다. 남은 경비를 다 털어 인근 횟집에서 횟거리를 사오고 소주가 궤짝으로 배달되어 왔다.

미주는 촬영 편집에 대한 조언과 우수 장비를 빌릴 수 있는 업체와 그 위치, 기술진들의 전화 번호 등 선배인 기출과 성호가 알려 주는 정보를 받아 적느라 열심이었다. 밤이 깊어가고 작은 캠프파이어가 놓여질 때쯤 돼서야 미주는 메모 수첩을 가방에 쑤셔 넣고 성호 옆에서 술을 마셨다. 자정 무렵이 되자 종놈 기수라 불리는 신입 학번인 승우는 뒤치다꺼리를 하느라 다시 분주해졌다.

미주는 취해 있었다. 빙 둘러앉은 오비 팀 선배들과 CDS 임원진들도 영화에 대한 끝없는 난상 토론과 객기 짙은 열변 속에서 하나 둘씩 취해 갔다.

미주는 근처를 지나는 승우를 불러 앉히고 소주잔을 건넨 뒤 넘치게 술을 따랐다.

"승우야, 수고했다. 우리 막내 없었으면 소품 함량 미달로 박살 날 뻔했어."

"맞아. 쟤가 제일 열심인 것 같더라구. 이번 기수들 너나할것없이 좆빵이 치지 않으려고 몸을 사리던데 저 녀석만은 게거품을 물면서 뛰어다니더라니까."

얼마 전 군대에서 제대한 뒤 이번 학기에 복학한 남자 선배였다.

미주는 잔을 들고 잠시 멍청하게 서 있는 승우의 등을 손바닥으로 세게 쳤다.

"쭈욱 마셔, 짜샤! 아까 너 저쪽으로 가서 게우는 것 봤다. 원래한번 대차게 토하고 난 다음부터 쇠주 약발이 오르는 거야. 그러고 나면 담부터는 아무리 부어 넣어도 끄떡없다구. 야, 너답지 않게 왜 이래? 긴장 풀어. 팍 퍼질러 앉으란 말이야. 여기가 무슨조직이니? 하여튼 간에 너란 애는 묘해. 농담 따먹기도 곧잘 하다가 결정적인 순간에 몸을 사리잖아. 그게 유일한 네 단점이야!"

미주는 팔을 들어 승우와 어깨동무를 하려고 했지만 승우의 앉은키가 훨씬 커서 팔이 둘러지지 않았다.

"승우야!"

"네?"

"어째 눈치가 없냐? 하느님과 동기 동창인 이 선배님께서 기분이 좋아 어깨동무 한번 하려고 했더니만 네 키가 날 완강하게 거부하고 있잖아. 허리 좀 구부려 봐."

"어쭈! 우리 회장님은 군에도 안 갔다 오신 사제 인간이면서 군물자에 속하는 용어를 빼돌려 사용하시네."

"에이, 정 선배! 그러지 말아요. 좋은 건 좀 나눠 씁시다요. 닳는 것도 아닌데."

그러더니 승우를 돌아보며 동의를 구했다.

"승우야, 안 그러냐?"

"야, 너 지금 하는 행동은 법에 저촉된다. 직권 남용이고 성희롱이야. 어디 다 큰 남자 모가지를 네 쪽으로 끌어당겼다 풀었다 하냐?"

"킥킥킥, 성호 선밴 별소릴 다하네. 이건 직권 남용이 아니고 역대 CDS 회장들의 신성한 권리이자 의무야. 특히 신입생들의 능력과 의욕을 고무시키기 위해서 가벼운 스킨십은 반드시 필요하다고 열변을 토한 사람이 누구야? 내가 신입생일 때 성호 선배가 했던 말이야. 이거 왜 이래? 남자 회장은 되고 여자 회장은 안 된다는 건 어느 나라 법이야. 난 딱 보면 알아. 승우 얘가 3학년만 되면 회장이 돼서 우리 CDS를 세상으로 끌고 나갈 재목감이란 걸!"

모래사장에 한 쪽 손을 받치고 팔베개를 한 채 담배를 피우던 성호가 능글맞은 표정으로 킬킬거렸다.

"미주야, 걔 그만 좀 놔줘라. 자고로 남자 여자란 살갗을 오래 붙이고 있으면 십중팔구 정분난다는 걸 모르냐?"

"얼씨구! 승우랑 나랑? 말도 안 돼. 얘랑 학년은 2년 차이가 나지만 내가 한 해 꿇어서 나이는 세 살 차이야. 이 짜식이 좀 괜찮긴 하지만 내 타입은 아냐."

"니 타입은 어떤 남잔데?"

"승우 얘랑 반대인 남자. 왜 있잖아. 손오공에 나오는 저팔계처럼 못생겼지만 저돌적인 남자. 차이가 있다면 저돌성과 용감성에 지적인 면도 포함되어야 한다는 거지."

취해 있었다. 그러나 미주의 솔직한 심정이었다. 그가 원하는 남자는 정글이나 다름없는 영화판을 함께 뚫고 나갈 수 있는 전사형의 남자였다.

하지만 승우는 검은 밤바다의 파도가 자꾸만 가슴속으로 들이치는 느낌이었다. 미주가 악의 없이 한 말이란 건 잘 알고 있었다. 그럼에도 자신이 미주의 남자 영역권에서 완전히 벗어나 있다는 것을 확인할 때면 웅담을 날것으로 씹은 것처럼 혀끝이 지독히도 씁쓰레했다. 밤의 짙은 명암 때문에 들키지는 않았지만 승우는 눈물까지 핑 돌았다.

사랑이었다. 깊은 사랑.

승우는 미주가 채워 준 잔을 비우고 슬그머니 일어나 아무도 없는 해변가를 향해 걸었다.

바다를 향해 혼자서 조금 떨어져 앉아 있던 정란은 어둠에 묻혀 사라지는 승우의 쓸쓸한 뒷모습을 오래도록 바라보았다. 갑자기 코끝이 파도 한 줄기가 때린 것처럼 시큰거렸다. 남자의 뒷모습은 자기의 감정을 숨김없이 드러내는 부위였다. 승우의 등은 사랑에 상처 입은 자가 스스로 가슴을 치유해서 미소를 머금고 돌아와야 하는 푸르디푸른 등이었다.

정란은 안쓰러움과 함께 일말의 질투심까지 느꼈다. 승우가 미주에게가 아니고 자신에게 다가왔다면! 가슴이 설레었다. 정란은 황급히 고개를 저었다. 두렵다기보다는 행복할 것 같았다. 장애가 있을수록 간절하고 눈물겨울 것 같았다. 그것이 20대의 사랑이 주는 위대하고 아름다운 특권이 아닌가!

정란은 정직한 남자가 가지는 감정의 체취를 느낄 수 있었다. 한 여자를 향한 한 남자의 향일성(向日性)의 마음. 어쩌면 승우의 사랑에는 어떤 굴곡이나 회선이 없을지도 모른다는 생각이 들었다.

2주 전 강릉으로 오는 기차 안에서 승우가 말하지 않았던가. 자신은 나무과에 속한 사람이라고. 나무는 한번 자리를 정하면 절대로 움직이지 않는다. 스스로 말라 죽을지언정. 정말로 승우는 절대로 돌이킬 수 없는 사랑을 이미 시작한 게 아닐까. 미주는 그를 한 남자로 보기보다는 그저 아끼고 다독거려 주어야 할 재능 있는 후배로밖에 보지 않는데.

정란은 가벼운 한숨을 내쉬었다. 지금 시대에 연상의 여자와 연하의 남자의 사랑은 그리 드문 일도 아니지만, 그래도 고개를 갸웃거리게 하는 부분이 있었다. 결혼은 더더욱. 정상적인 사랑이어도 왠지 불륜과 일말의 금기의 냄새가 배어 나오는…….

담배 연기가 뒤에서 훅 뿜어져 나오더니 미주가 정란 옆에 털썩 주저앉았다.

"혼자서 뭐 하니?"

"바다 본다."

"바다가 어디 보이냐? 하늘과 바다가 시커멓게 한 덩어리가 됐잖아. 밤에 먹혀 있을 뿐인데 뭘."

"넌 이 앞에 잘게 부서지는 파도가 안 보이니? 이 파도가 대양을 건너왔다는 것 정도는 알아야지. 잔등을 쉼 없이 밀리고 밀려

서 말이야. 파도의 일생이지. 긴 여정 끝에 약간의 거품과 철썩,
하는 소리로 한순간에 잦아들고 마는 파도의 끝자락을 우린 지켜
보고 있는 거야."

"야아, 정란아, 너 의대 잘못 들어갔다. 철학과가 맞춤인데 말
이야."

"농담하고 싶지 않아."

"어이구 센티멘털까지!"

미주는 푸른 담배 연기를 후욱 내뿜으며 정란의 목과 어깨에
팔을 둘러 어깨동무를 했다. 평소라면 정란은 자신의 어깨에 둘
러진 미주의 한 손을 꼭 잡아 주었을 것이다. 그러나 정란은 착잡
한 표정으로 몸을 동그마니 오므리곤 뼈를 꼿꼿하게 곧추세우고
있었다.

"너 왜 그래? 무슨 일 있어?"

"아니, 그냥 기분이 좀 그래."

"기지배. 누가 전국고교생 문예대회에서 입상했던 문학 소녀
아니랄까 봐."

"……!"

"야, 그러지 말고 우리 둘이 한잔 더 하자."

"하고 싶으면 승우랑 해라."

"승우? 걘 또 왜?"

"너 정말 모르니? 아님 모른체하는 거니?"

"대체 뭘?"

"걔가 너 좋아하는 것 같더라. 걔가 널 사랑하는 것 같더라구."

"승우가?"

"왜?"

"기가 차서 말이 안 나온다. 걔…… 걔가 너보고 그래? 날 사
랑한다구?"

"그런 말은 안 했는데…… 너, 모래찜질까지 해 줬잖아. 어쨌
든 틀림없어. 어떤 여자의 머리카락에서 나는 국화 향을 얘기했
을 때 이미 눈치챘어. 그 여자가 미주 너냐고 물으니까 얼굴에 핏
기까지 가시면서 어쩔 줄 몰라 하더라. 너라고 대답도 했구."

"아, 난 또 뭐라고. 그 국화? 우리 첫날 연합 서클 모임 때 지하
철 안에서 우연히 승우와 만났거든. 그때 얘기하더라구. 내 머리
카락에서 국화 향기가 난다나? 킥킥킥, 미당(未堂)의 시 같은 걸
거야. 나를 누님쯤으로 여기는. 여하튼 간에 그거 비밀 아냐."

"좋은 영화 감독 되긴 너도 애시당초 글러먹었다."

"뭐야?"

"영화는 인간의 감정과 심리를 다루는 거 아냐? 근데 나도 확
실하게 느낀 남자의 감정을 당사자인 네가 못 느꼈다니!"

"남자? 정란아 너 오늘 왜 그래? 멀쩡한 관계를 왜 그렇게 삐딱
하게 보고 사람을 모는 거야? 개랑…… 나랑……. 너 그걸 말이
라고 하는 거야?"

"관두자. 너 취했어."

"얘 좀 봐. 자기가 먼저 얘기 꺼내 놓고선. 너 조금 전에 내가

저기서 승우 앉혀 놓고 성호 선배에게 한 얘기 못 들었어? 그게 내 진심이야."

"그럼 다분히 의도적이었구나. 승우가 널 맘에 두고 있다는 걸 알고 그런 거 아냐?"

"참 기도 안 찬다. 촬영도 마치고 기분 좋기 한량없는 밤바다에 앉아 너랑 이런 영양가 없는 얘기를 하게 될 줄은 정말 '예전엔 미처 몰랐어요'다. 좋아. 솔직히 말할게. 나도 걔 마음이 그렇다는 건 이미 눈치챘어. 바보가 아닌 담에야 내가 그걸 왜 모르겠나? 하지만 그건 한때야. 우리도 경험했잖아. 대학에 갓 들어와서 서클이나 학과 선배 남자들 중에 괜찮다 싶으면 마구 맘이 흔들렸잖아."

"분명히 얘기해. 네가 유별나게 그랬지 난 안 그랬어."

"그래, 까짓것 좋아. 아무튼 캠퍼스 분위기에 익숙해지면 그런 감정들은 씻은 듯이 싹 사라지게 마련이라구. 내가 장담하는데 승우 쟤, 지금 눈에 콩깍지 씌어서 나를 주시하고 있지만 몇 달만 지나 봐라. 늘씬하고 볼륨 있는 또래 학년의 예쁜 여자애를 꿰차고 캠퍼스며 거리를 쏘다닐 테니까. 솔직히 말해서 대학 3, 4학년 여자들이 여자냐? 학교 안에서 완전 퇴물 취급받는다는 거 너도 잘 알잖아."

정란은, 승우 같은 남자는 절대로 그렇지 않다고 말하고 싶었지만 입을 다물었다. 정신이 말짱하다고 떠벌리지만 소주 몇 병을 위에 쏟아 부은 미주가 취한 건 틀림없었다.

"하앗, 이 자식 봐라. 맡은 일을 잘 해내서 귀여워해 줬더니만 잘못하면 날 루머판 위에 얹어 놓고 구이를 만들 녀석이네. 걔 어디 갔어? 이 자식, 따끔하게 손을 봐야 선배한테 다신 안 기어오르지. 어디 건방지게 하늘 같은 선배의 배 위를 기어오르려고 꿍심을 먹고 있어. 정말 어이가 없어 말이 안 나온다. 멀대같이 크긴 해도 이마빡에 피도 안 마른 신입생 녀석이 감히 날 넘봐? 못 참아. 걔 어느 쪽으로 갔어?"

미주는 비틀거리며 일어섰다,

"미주야, 정신차려!"

"왜? 난 네 말대로 하려는 거야. 좀전에 네가 걔랑 술 마시랬잖아."

"그만 텐트로 돌아가자. 회장인 네가 흐트러진 모습을 보이면 어떡하니?"

"술 마시고 말짱하다면 그게 이상한 거지. 걱정하지 말고 너나 먼저 텐트로 돌아가 있어. 나 그 녀석이랑 딱 한잔만 더 하고 올 테니까."

"얘! 얘! 미주야!"

하지만 미주는 발을 멈추지 않았다. 모닥불이 사그라진 근처에서 나뒹구는 소주병을 집어든 미주는 승우가 사라진 해변가의 어둠 속으로 천천히 지워지듯이 사라졌다.

정란은 불안했다. 승우의 절제력을 믿기는 해도 승우 또한 술을 꽤나 많이 들이켰고 격한 감정이 순식간에 폭발하기 쉬운 나이가 아닌가. 더군다나 대자연인 바닷가의 야심한 밤이다. 원초적인 어둠과 밤물결 소리가 사람들의 가슴속에 잠들어 있는 원시성을 일깨우는.

승우는 뒤편으로 커다란 해송들이 늘어선 모래언덕에 혼자 비스듬히 누워 있었다. 방향 모를 밤바람이 일자 깊은 여름 밤공기 속으로 솔향이 퍼져 날아갔다. 그는 고개를 젖히고 유난히 큰 해송 나뭇가지에 흰 꽃처럼 걸린 잔별들을 올려다보았다. 파도에 모래가 쓸리듯 별빛이 하늘에서 소리를 냈다.

사랑은 마치 해변을 거닐 때처럼 쿡, 쿡 파인 발자국이 되어 가슴속으로 걸어 들어오는 걸까? 문득 필리핀의 한 바닷가에서 슬픈 목소리로 말하던 영은의 얼굴이 떠올랐다.

'오빠, 나는 매일 밤 꿈을 꿔. 줄거리는 하나도 생각나지 않는데 깨고 나면 막 울고 싶어져. 참을 수가 없어서 엉엉 운 적도 많아. 어떤 때는 다시는 꿈에서 깨어나고 싶지 않아. 오빠, 믿겨져? 난 마음이 아플 때는 늘 푸른 꿈을 꾸는 것 같아.'

그때 승우는 열여섯 살이었고 영은은 열다섯 살이었다. 대사관 직원 가족들이 모두 비취빛으로 둘러싸인 사바앙이라는 해변에 갔을 때였다. 당시 영은은 여자의 선이 몸매에 완연히 살아나는 귀엽고 예쁜 소녀였다.

승우는 영은을 보며 예쁘구나, 한번 만져 보고 싶다, 고 생각한 적은 있지만 영은과 뭔가를 함께하고 싶다는 생각을 한 적은 없었다. 하지만 영은은 반대였다. 테니스를 치거나, 배드민턴을 치거나, 수프를 끓여 먹거나, 토스트를 구워 먹거나, 무엇을 하든 언제나 '오빠와 함께' 했으면 좋겠다는 표현을 자주 썼다.

연초에 한국에 다니러 왔을 때 숙녀로 화사하게 피어난 영은은 눈부시게 예뻤다. 덧니가 배꽃잎처럼 상큼하게 보일 만큼. 하지만 그게 다였다. 영은이 적극적으로 다가올수록 승우는 그 이상으로 뒷걸음질을 쳤다.

승우의 아버지는 영사고 영은의 아버지는 대사라는 직급의 차이 때문은 아니었다. 그렇다고 아무리 자신의 마음속을 뒤져 봐도 영은이 싫은 이유가 숨겨져 있지도 않았다. 분명히 승우는 영은을 좋아했다. 좋아하는 것에서 사랑하는 사이로 넘어가는 그 사이 간격에는 '언제나 함께하고 싶다'는 간절함이 비밀 카드처럼 끼워져 있어야 했다. 그런데 승우에겐 그것이 없었다.

'영은아, 네 맘을 잘 알지만…… 미안하다. 그래 줄 수가 없어서. 내가 생각하는 사랑이란 어떤 사람을 생각할 때, 우스꽝스럽고 유치한 표현이 되겠지만…… 그래, 마음의 보석함이 열리고 그 광채를 느끼는 거라고 생각해. 그 빛이 사라지고 나면 폐허나 다름없는 가슴으로 변할 수도 있겠지. 정말…… 어찌됐든 미안하다, 영은아. 난 너의 사람이 못 될 것 같아.'

영은은 얼굴을 꼿꼿이 세운 채 아무 말도 하지 않았다. 승우가 눈길을 피한 사이 그녀는 잠시 고개를 떨구었는데 다시 쳐든 얼굴은 안개비가 내린 것처럼 촉촉이 젖어 있었다.

'내가 얼마나 빛이 오래가는 보석이란 걸 오빠는 잘 알지 못하고 있다는 생각이 들어. 난 누구보다도 오빠를 행복하게 해 줄 수 있어. 왜냐구? 난 오빠를 위해서라면 기꺼이 목숨을 내놓을 수 있을 만큼 오빠를 사랑하니까. 이 세상에 나처럼 오빠를 깊이 사랑할 수 있는 여자는 없을 거야. 난 기다릴 거야. 나의 사랑이 오빠의 가슴속으로 스며들어 보석이 될 때까지.'

필리핀으로 돌아간 뒤 영은은 승우 앞으로 짧은 편지를 보내왔다. 편지지에는 눈물 자국이 몇 군데나 나 있었다.

남녀간의 사랑에는 참으로 심술맞은 구석이 있어서 특별한 이유 없이 엇나가 버리는 경우가 종종 있었다. 승우와 영은, 미주의 관계가 그러했다. 누가 봐도 좋은 집안의 예쁘고 총명한 영은이 낫다고 할 테고 탐내겠지만, 승우는 영은이 여자로 여겨지지 않았다. 그런데 얄궂게도 승우가 사랑하는 여자는 그를 남자로조차 여기지 않았다.

하필이면 3년 연상이고 선배인 여자를 사랑하게 되다니. 정말이지 사랑은, 초보자는 도무지 다룰 수 없는, 핸들 없는 자동차를 모는 것과 같다는 생각이 들었다.

행복의 나라로, 행복의 나라로, 아무리 애써 몰아가려고 해도 사랑의 감정은 그를 점점 더 헤어나기 힘든 슬픔의 수렁이나 고독의 늪 속으로 몰고 가는 기분이었다.

그런데도 손가락 하나 까딱하지 못하고 제대로 입술 한번 달싹일 수 없다니……. 승우는 스스로에 대한 애잔한 슬픔이 명치 끝을 찌르는 듯 파고드는 것을 느꼈다.

"승우야! 승우야! 승우 너 어딨니?"

바다의 끝과 육지의 끝, 아니 바다의 시작과 육지의 시작인 해변가를 한 여자가 비틀거리며 걸어오고 있었다. 미주였다. 신발을 벗어 든 미주는 파도의 끝자락에 발목을 적신 채로 승우를 찾고 있었다.

"미주 선배님! 저 여기 있어요."

"야아, 너 멀리도 왔다. 뭐 한다고 예까지 나왔냐? 저기 하늘에 걸린 달이 아니었으면 난 벌써 포기하고 돌아갔을 거다."

금빛 달빛 아래 미주가 희미하게 웃으며 소주병을 흔드는 것이 보였다. 술기운에 지친 미주가 모래사장에 털썩 주저앉자 승우는 빠른 걸음으로 다가가 그녀 옆에 섰다.

미주는 뒤로 벌렁 드러누웠다. 그것은 성별을 떠나 선배이기를 고집하고, 후배를 믿는 미주의 신념에서 비롯된 자유로운 행동이었다. 그런 활달함 속에는 자신이 여자임을 승우에게도 스스로에게도 의식하지 못하게 하려는 속셈이 버티고 있었다.

"야아, 별도 참 많다. 여름 밤은 별들이 마구 새끼를 치는 것처럼 많지 않냐?"

"그렇네요. 별이 떨어질까 봐 무섭다는 표현이 이럴 때 따악 써먹을 만하네요."

승우의 목소리는 유쾌해져 있었다.

미주는 소주병을 놓고 두 팔을 새의 날개처럼 활짝 펼친 다음 두 손 가득 모래알들을 쥐었다 놓았다를 반복했다.

"너도 한번 누워 봐. 살에 닿는 모래의 감촉이 좋다. 부드러우면서도 참 시원해."

"남들이 보면 어떻게 해요?"

"야, 임마! 보면 어때? 우리가 뭐라도 하니? 우린…… 그저 모래밭에 누워서 별을 올려다볼 뿐이야. 선배와 후배가 누워서 도시에는 없는, 바다가 뒤집어져 하늘에 잔뜩 쏟아 낸 소라껍질 같은 별을 함께 올려다보는 거지. 불순한 소린 하덜 말고 어여 눕기나 하소."

"야아."

"어쭈, 야가 전라도 박자도 제법 맞추네잉."

"그라지라?"

"야아, 됐어. 고만해."

"야아."

그들은 나란히 누워 옥수수 알이 태양의 오븐 위에서 펑펑 튀어 팝콘처럼 별이 되어 터지는 웃음 소리를 내며 웃었다. 웃음소리로 움푹해진 어둠 사이로 빠르게 고요가 깃들였고 이어서 파도 소리가 담겼다. 파도 소리가 별 아래 어둠에 점점이 박혀 딱지를 뒤집어쓴 조그만 게의 더듬이처럼 허공에서 움직이는 느낌이었다.

침묵이 갑자기 낯선 얼굴로 바뀌어지려는 찰나, 미주가 갑자기 키들키들 게가 미역 위를 옆으로 걸어가는 듯한 웃음 소릴 냈다.

"왜요?"

"이렇게 너랑 별밭 아래 나란히 누워 있으니까 불현듯 어떤 영화 장면이 떠올라서 말이야."

"영화요?"

"〈별들의 고향〉 말이야. 봤니?"

승우에게 묻기 위해 잠시 고개를 옆으로 돌렸던 미주는 다시 하늘을 응시하며 말했다.

"외국 생활을 꽤 오래 한 탓에 미처 못 본 모양이구나. 그 영화에 정말 기막힌 대사가 나오지."

"어떤 건데요?"

"주인공이 신성일과 안인숙인데, 아냐?"

"신성일은 알죠."

"아무튼 안인숙은 참한 얼굴이야. 그 영화에 안인숙과 신성일이 한 방에 나란히 누워 있는 장면이 나오거든. 그때 신성일이 목소리를 터프하게 깔고 안인숙에게 이렇게 말해. '오래간만에 함께 누워 보는군!' 그러자 안인숙이 코맹맹이 소리로…… 뭐라더라? 야, 이거 술빨 때문에 저장된 기억이 날아가 버렸군. 아무튼 대강 이래. '아 너무나 행복해요. 아…… 여자의 삶은 무엇일까요? 좋은 남자를 만나면 행복해지고 나쁜 남자를 만나면 불행해지는……. 선생님은 좋은 사람인가요?' 대충 그런 얘기야. 안인숙 목소리를 더빙한 여자 성우가 고은정인데, 그 여자의 비음 섞인 목소리는 정말 몸서리가 쳐질 정도지. 끔찍해."

"비디오 빌려 봐야겠네요."

"하도 옛날 거라 있을랑가 모르겠네. 아무튼 그 영화 주제곡인 이장희의 〈나 그대에게 모두 드리리〉란 노래도 정말 죽이지. 그 노래 너 아냐?"

"몰라요."

"하긴 너 같은 미성년자에겐 불러 주지 말라는 금지곡 딱지가 붙여졌던 노래니까 내가 불러 주진 않겠어. 대신 네가 아무 거나 한 곡 불러 봐."

대학 신입생이지만 법적 연령을 몇 달 못 채운 승우는 아직 미성년자란 덜 떨어진 꼬리표를 떼지 못하고 있었다.

"가요요 팝송요?"

"글쎄, 아무 노래나."

승우는 가요보다도 팝송을 훨씬 더 많이 알고 있었다. 그는 잠시 주마등처럼 스치는 팝 가수들 중 헬렌 레디의 곡을 선정했다. 팔베개를 하고 옆으로 누워 미주의 반짝이는 눈을 보며 승우는 부드럽고도 매끄러운 목소리로 〈You're My World〉란 노래를 부르기 시작했다.

　　……다른 이들은 하늘 한가운데서 저 별들을 찾아냈지만
　　나는 당신의 눈 속에서 그 별들을 본답니다…….

승우는 노래를 썩 잘 불렀다. 물의 흐름처럼 매끄러운 목소리와 발음은 주위의 공기에 잔잔한 파문을 일으켰다. 미주는 눈을 감고 승우의 노래를 들었다. 가슴 깊은 곳에서 길어 올린 듯 사랑하는 여자를 향한 애절함이 저항할 틈도 없이 미주의 마음에 스며드는 듯했다.

'이거 나 원 참! 혹 떼려다가 혹 붙이겠네!'

미주는 분위기를 깨며 벌떡 일어나 앉아 소주병을 입으로 가져가 한 모금을 삼켰다.

"야아, 너 노래 정말 잘한다. 죽이는걸. 통기타 무대에 서도 손색이 없는 실력이야. 앵콜! 앵콜! 다른 레퍼토리 또 없냐?"

미주는 솔직하게 찬탄을 표현했다.

승우는 연이어 상체를 리듬에 맞게 경쾌하게 흔들며 〈Diana〉라는 귀에 익은 노래를 불렀다. 흥겨운 리듬이었기 때문에 미주는 간간이 손뼉을 치며 박자를 맞췄다. 따라 부르기도 했다.

노래가 끝나자 이내 밀려드는 적막감이 곤혹스러운지 승우는 멋쩍게 웃은 뒤 미주가 건네는 소줏병을 한 모금만큼 병나발을 불었다. 그러고는 가슴속에 닫혀 있던 공기를 한숨인지 큰숨인지 모르게 크게 내쉬어 풀어 놓았다.

미주는 모래를 집어 사방에 몇 번 훅훅 뿌렸다. 그러더니 손을 털고는 작정을 한 듯 승우의 얼굴을 정면으로 응시했다. 미주의 목소리는 차분하게 입 안에서 갈무리되어 있었다.

"승우야!"

"네……?"

"우리 그냥 지금처럼 좋은 선후배로 지내자."

"……."

"처음에 선배와 후배로 만났듯이 앞으로도 선배와 후배로 가는 거야. 봐, 난 네 선배구 넌 내 후배잖아."

"흐음……."

"좀 전에 정란이한테 얘기 들었어. 네가 날 맘에 두고 있는 것 같다는. 그 얘길 들으니까 한편으론 고맙고 한편으론 마음 한구석이 불편해지더라. 그래서 널 이렇게 찾아왔지. 물론 나도 널 좋아해. 하지만……."

"됐습니다. 다음 얘긴 말씀 안 하셔도 충분히 선배님의 뜻을 알 것 같습니다."

승우는 담담한 어조였다.

"그래, 짜샤! 긴 말이 필요없어 좋군."

남녀의 엇나간 관계에 대해 적당한 이해나 구색을 맞추려 하다가는 자칫 두 사람 모두 감정적으로 치졸해지거나 불쾌해지기 십상이었다.

미주는 먼저 일어서서 승우의 어깨를 툭 쳤다.

"안 가냐? 아침에 이동할 텐데 눈 좀 붙여야지?"

승우는 대답이 없었다.

미주는 그런 승우를 뒤로 하고서 몇 발자국을 떼었다.

"선배님!"

"으……응?"

"부탁이 있습니다."

"뭔데?"

"키스 한번 해도 되겠습니까?"

"뭐…… 뭐야? 뽀뽀……? 킥킥킥, 그건 왜?"

승우는 구부정하게 일어나 허리를 쭉 폈다. 그러고는 미주를 향해 걸어오며 유쾌한 목소리로 말했다.

"기념 사진이죠 뭐. 이 바다와 저 하늘의 별, 저기 서 있는 커다란 해송에 대한 한 장의 스냅 사진을 찍는 것 같은."

"그건 좀 곤란하다 얘. 네 감정이 가볍지 않잖아. 지금 기분도 좋지 않은 것 같고."

"아닙니다. 한 번만 하게 해 주십시오."

승우는 미주 앞에 멈춰 섰다. 막상 헌칠한 승우의 키가 앞을 막아서자 미주는 일순 당황감이 엄습했다. 뭐라고 할 사이도 없이 승우의 팔이 미주를 확 끌어당겼고, 승우의 입술이 미주의 입술을 덮었다. 키 차이 때문일까. 미주의 발뒤꿈치가 살짝 들려졌다.

승우의 입술은 뜨거웠고 서늘했다. 윗입술이 태양에서 가져 온 거라면 아랫입술은 달이 키워 낸 것 같았다. 그리고 바다를 한껏 머금은 백사장처럼 촉촉했다.

잠시 후 미주는 풀려났다. 승우는 뒤에 저만큼 서 있는 유난히 커다란 해송 한 그루처럼 우뚝 서 있었다.

미주는 일시에 술이 확 깨는 기분이었다. 따귀를 갈기거나 발로 정강이를 걷어차야 하는 게 아닐까? 속이 약간 상한 건 사실이지만 생각만큼 불쾌하진 않았다. 이번 한번만은 참는다. 하지만 다음에 또 이런 무례한 짓을 하면 절대로 용서하지 않겠어. 이렇게 무슨 말인가 따끔하게 한마디 못박아 주고 싶은데 도무지 적당한 말이 떠오르지 않았다. 지금 상황으로선 대수롭지 않은 일처럼 의연하게 처신하는 게 선후배의 거리를 유지할 수 있는 최선의 방법이었다.

"자도록 해. 내일 아침 일찍 일어나 이동해야 하니까."

"네."

"오늘 너는 분명히 실수한 거야!"

"……."

"나, 간다!"

"미주 선배님!"

"응?

"전…… 언제나 여기 있겠습니다. 저기 커다란 소나무처럼요."

미주는 말없이 돌아섰다. 가슴속으로 성급한 가을 바람이 부는 것 같았다. 무슨 뜻이지? 언제나…… 여기 있겠다고? 소나무처럼……? 아니 그 말에 의미를 둘 필요는 없어. 내게는 그저 바다의 느낌으로 남을 뿐이야.

일행이 묵고 있는 텐트 쪽을 향해 걷던 미주는 흘끗 뒤를 돌아보았다. 승우는 백사장에 붙박인 나무처럼 저만치에서 꼼짝도 하지 않고 미주를 바라보고 서 있었다. 승우가 지닌 마음의 깊이와 무게가 고스란히 전해지는 듯했다. 정말 난감한 노릇이군.

미주는 밭은기침을 토했다.

애니의 노래

당신은 나의 뇌리에 산림 속의 밤,
봄의 산맥, 빗속을 거니는 것, 사막에서의 태풍,
또는 잠자는 푸른 바다와 같이 나의 감각 속에 있습니다.
다시 돌아와 당신을 사랑할 수 있도록 해 주세요.
당신에게 내 목숨을 드릴 수 있게 해 주세요.
당신의 웃음 속에 나의 인생을 묻고 싶고
당신 팔에 안겨 죽고 싶습니다.
당신의 곁에 눕게 해 주세요.
언제나 당신과 함께 있게 해 주세요.
당신을 사랑합니다. 나를 다시 사랑해 주세요.
나를 받아 주세요.
─Annie's Song

존 덴버가 부른 노래로, 승우가 FM PD가 되어 전국 방송파에 자주 실어 내보냈던 곡.

결빙의 시간들

눈부신 것들은 매우 빨리 지나간다. 그러므로 사랑의 속살은 광휘로우나 그 빛의 여운에서 향기를 맡을 수 있는 자는 기억을 놋그릇처럼 성실하게 인내하며 닦는 자이다.

단편영화 촬영을 마치고 승우가 바닷가에서 단 한 번 미주와 키스했던 그날로부터 햇수로 7년이 흘렀다.

미주는 1989년 2월에 대학을 졸업한 후 충무로의 한 영화사에 소속되었고 잡다한 홍보 현장에서 1년 정도 일하다가 그 이듬해

조연출 일을 시작했다.

1991년, 미주가 장장 10개월에 걸쳐 찍은 저예산의 독립 영화가 여러 가지 이유로 개봉관에 걸리지도 못하고 바로 비디오 시장으로 흘러 들어가 버렸다.

영화판 현실의 높고 두꺼운 벽을 절감한 미주는 1992년 초부터 집에서 나와 전세를 얻어 칩거하며 시나리오 작업을 했다. 요즘 들어 흥행성과 작품성을 겸비한 시나리오를 자신이 직접 써서 자본을 끌어들이고 스태프 진을 구성하여 감독으로 화려하게 데뷔하는 흐름이 더욱 뚜렷해지고 있었다.

자신과 싸워 나가는 절치부심의 시간들. 미주는 CDS 오비 모임에도 나가지 않았다. 그 동안 두 번의 사랑이 밀물처럼 왔다가 썰물처럼 지나가 버렸다. 그들은 모두 미주가 속한 세계에서 만난 남자들이었다. 강한 열정을 가지고 자신과 승부를 겨루는 인간형, 바로 미주가 좋아하는 타입의 남자들이었다. 하지만 그들은 치열함을 원하는 미주에게서 오히려 편안한 쉼터를 원했다. 관계는 단기간에 끝장나 버렸다. 한 남자는 그가 먼저 그만 만나자고 통고했고 또 한 남자는 미주 자신이 먼저 돌아섰다. 남자에게 빠지기보다는 일에 몰두하는 것이 미주에게는 훨씬 속 편한 일이었다. 남자 때문에 시간과 감정을 소비하는 것이 어리석게 느껴졌던 것이다. 가슴의 결핍을 감수하더라도 차라리 혼자 일하며 사는 게 낫다고 미주는 어느 순간 결정해 버렸다.

비 오는 날이나 화창한 날, 커피를 끓이거나 창문을 열었을 때

아주 드물게 승우 생각이 나곤 했다. 그 녀석은 지금 뭘 하고 있을까? 분명 졸업은 했을 텐데 뭘 하는지 궁금하군. 하지만 거기에서 그칠 뿐 그의 소식을 수소문하는 짓 따위는 하지 않았다. 미주의 마음속에 승우는 여전히 재능 있고 인간성 좋으며 잘생긴 남자 후배 정도로 자리잡고 있을 뿐이었다.

한 달에 한 번씩 반찬 거리를 만들어서 딸의 원룸에 들르는 엄마는 시집가라며 선 들어온 남자 사진을 들고 오는 것이 월례 행사였다. 미주가 스물아홉 살이 될 때까지 쉼 없이 들이밀었지만 미주는 끄떡도 하지 않았다. 결혼은 미주에게 곧 영화의 포기를 의미하는 것이었기 때문이었다. 남동생이 미국 컴퓨터 업계에서 자리를 잡자 미주의 부모는 아들을 따라 미국으로 이민을 가 버렸다. 작은아버지가 미국에서 사업에 크게 성공한 것도 주요 이유였다. 가족들은 같이 떠날 것을 종용했으나 미주는 남겠다고 버텼다.

올해가 지나면 미주는 곧 서른이 될 것이다. 30대는 여자에게 포기와 편안한 안주가 같은 말임을 터득하게 해 준다. 꿈의 날개를 적당히 꺾으면 그만큼 생활이 편해질 수 있다는 타협의 기술을 누구나 자연스레 체득하게 되는 나이이기도 했다.

하지만 미주는 자신의 열망을 조금도 포기하지 않았다. 시나리오를 고치고 또 고치고, 밤새워 수정 작업을 했다. 충무로 판에 떠도는 수많은 영화 시나리오들 중에서 흥행성과 작품성이 보장되는 작품, 누가 읽더라도 탁월한 재미와 깊이가 감각적이면서도 아주 세련됐군 기발해, 하고 감탄할 정도의 대본이 아니라면 들이밀 수도 없다는 것을 미주는 잘 알고 있었다.

드디어 초여름이 되자 1년 반이라는 세월 동안 칩거한 끝에 나온 결과물, 웬만한 국내 메이저급 영화사와 충분히 배팅할 수 있는 두 편의 시나리오가 완성되었다. 한 편은 젊은 층의 심금을 울리는 감각적인 멜로물이었고 또 한편은 칼을 다루는 인간 캐릭터를 절묘하게 해석한, 검(劍)을 주 소재로 하는 무협물이었다.

미주는 6월 중순부터 두 편의 시나리오를 들고 다시 충무로에 나타났다. 내심 돌아온 장고처럼 충무로를 바짝 얼게 만들 것으로 기대했지만 영화 자본가들은 '괜찮긴 한데 말이야' '타이밍을 좀더 기다려야 하지 않을까?' '재밌어. 우리 같이 고민해 보자고' 하는 말들을 던지며 대본을 들었다 놓았다만을 반복했다.

대학에서의 영화는 예술이었지만, 세상에서의 영화는 철저한 기획과 자본의 암투, 매스컴 플레이에 의해 결정되는 거대한 하나의 상품에 불과했다. 투자 가치는 흥행 기준에 의해 판가름나고 서울 동원 관객수 예상은 영화가 발주되기도 전에 미리 분석되어 나왔다. 한 편의 영화 제작에 수십 억이 드는 만큼 말도 많고 간단치가 않은 판이 바로 이 영화판인 것이다. 영화사 사람들을 계속해서 만나는 동안 미주는 조금씩 지쳐 가고 있었다.

미주가 만들어 낸 상품은 다른 시나리오들보다 손때가 많이 타긴 했지만, 정작 '바로 이거야! 좋았어! 지금 당장 해 보자고!' 하며 사겠다는 투자가는 나타나지 않았다.

여자 나이 서른이면 어쩔 수 없이 노처녀인 세상. 미주는 별 소득 없이 몇 달을, 아니 2년 가까이 세월만 허비하고 있었다. 서른을 목전에 둔 그녀에게 남은 것이라곤 손때 묻은 시나리오 두 편이 고작이었다.

승우는 미주가 졸업과 함께 CDS 정회원에서 오비회원으로 바뀌던 직전까지 미주 옆에서 일을 도왔다. 세계단편영화제에 출품된 몇 작품을 가져 와 시나리오를 번역하는 일도 그의 몫이었다. CDS가 아시아 대학생단편영화제를 서울에서 개최했을 때 주통역사도 그였다. 캐나다 밴쿠버에서 열렸던 단편독립영화제에 갔을 때도 그는 미주 옆을 떠나지 않고 대화가 원활하게 도와주었다.

승우는 언제나 미주 곁에서 일했지만 미주를 한 번도 불편하게 만들지 않았다. 미주의 감정과 관계없이 승우에게 미주는 이미 불변의 사랑이었다. 영은이 승우에게 그러하듯이. 승우는 미주의 꿈이 이루어지길 간절히 바라고 있었다. 그러면 그녀가 행복해질 테니까. 1퍼센트의 가능성만 있어도 무모하리만큼 열정을 태울 수 있는 것이 20대의 특권이었다. 승우는 미주가 꿈을 이루는 그 날을 하루라도 앞당기기 위해 최선을 다해 도왔다.

하지만 미주의 졸업과 동시에 그는 CDS 기획 멤버 자리를 내놓았고 모임에서도 탈퇴했다. 미주가 떠나간 커다란 빈자리를 매번 확인해야 하는 현실이 승우로서는 견디기 어려웠다. 승우는 바로 휴학한 뒤 단기 사병으로 군에 입대했다. 제대한 후에는 1년간 10여 개국을 홀로 배낭 여행을 하며 떠돌았다. 그 후 다시 경제학과에 복학해서 1993년 봄에 졸업했다.

승우는 지금까지 단 하루도 미주를 잊은 적이 없었다. 대학을 졸업하면서부터 승우는 미주의 이름 뒤에 붙은 '선배'라는 말을 의식적으로 잘라 버렸다. 같은 사회인이 된 승우에게 미주는 더 이상 선배가 아니라 사랑하는 특별한 한 여자였을 뿐이었다. 승우는 대기업에 들어가는 대신 방송 일을 택했다. 대학 4학년이던 11월 초, FM 라디오 프로듀서를 뽑는다는 MBC 광고를 보고 승우는 시험에 응시하여 1차, 2차, 3차를 모두 가볍게 통과했다.

유창한 영어 회화 능력과 세련된 감각, 팝 음악에 대한 해박한 지식이 심사 위원인 20년 차 팝 진행자들조차 기함을 지르게 만들었던 것이다. 승우의 준수한 외모, 정직하고 바른 이미지와 당당하면서도 겸손한 표정, 패기만만한 행동이 최종 면접 심사 위원들이 후하게 점수를 주는 요인으로 크게 작용했음은 물론이다.

뉴스 진행자 두 명, 음악 프로 프로듀서 네 명, 총 여섯 명을 뽑았는데 승우가 단연 수석이었다.

승우는 FM 라디오 방송국 개국 이래 가장 빨리 프로듀서가 되었다. 그것도 메인 프로라 할 수 있는 〈한밤의 팝세계〉였다. 밤 11시에 시작해서 새벽 1시에 끝나는 황금 시간대에 승우가 발탁되자 방송국 전체가 술렁거렸다. 담당 PD가 개인 사정으로 갑자기 그만둔 것이 발단이긴 했지만 어떻게 신참에게 심야 간판 프로를 맡길 수 있느냐고 말이 많았다. 하지만 승우를 한 번이라도 만나 본 사람들은 그의 재능을 의심치 않았다.

〈한밤의 팝세계〉 진행자는 전문 아나운서가 아닌 20대 후반의 최정상급 남자 가수가 맡고 있었다. 전임 PD는 방송밥을 13년이나 먹은 40대 중년의 관록파였는데 제멋대로이기 일쑤인 진행자를 잘 다루지 못했다. 그래서 나이도 더 어린 PD가 얼마나 수모를 당할 것인가에 대해 호사가들 사이에서 말이 많았다. 개중에는 첫 방송에서 승우가 얼마만큼 실수를 할 것인가, 진행자에게 얼마나 골탕을 먹을 것인가에 대해 내기를 걸기까지 했다. 가수로서 인기가 최상한가인 진행자는 '자르고 싶으면 잘라 보시지' 하는 스타일이기 때문이었다.

하지만 그건 쓸데없는 우려였고 기우였다. 승우를 보자마자 오랜 친구라도 되는 듯 진행자가 먼저 손을 내밀어 악수를 청하고 함께 술까지 마셨다는 것을 알았다면, 돈내기나 입방아가 얼마나 우스운 해프닝인가를 그들은 즉시 알아차렸을 것이다.

즐거운 편지

　내 그대를 생각함은 항상 그대가 앉아 있는 背景에서 해가
지고 바람이 부는 일처럼 사소한 일일 것이나 언젠가 그대가
한없이 괴로움 속을 헤매일 때에 오랫동안 전해 오던 그 사소
함으로 그대를 불러 보리라.

ー황동규의 〈즐거운 편지〉 중에서

은빛 겨울 속의 한여름

1993년 12월 11일

책상에 앉아 스탠드만 켜 놓은 채 컴퓨터를 두드리다가 문득 배고픔을 느낀 미주는 탁상 시계를 바라보았다. 밤 10시 51분. 무성으로 켜 놓은 테레비전 화면엔 개그맨들이 오리 분장을 한 채 일렬로 넘어지고 있었다. 저녁을 일찍 먹어서 그런지 배가 고팠다.

화장기 없는 맨 얼굴에 성의 없이 묶은 까치뒷머리, 헐렁한 트레이닝 바지를 입은 미주는 주방으로 걸어가 선반 문을 열어 보았다. 라면도 식빵도 없었다. 냉장고를 열어 봐도 별 신통한 것이 없었다.

필요한 게…… 라면, 식빵, 커피도 떨어졌고…… 치약도 다 써 가고…… 화장지도 있어야 하고…… 미주는 코트 속에 있는 지갑을 꺼내면서 필요한 물품들을 하나씩 되뇌었다.

미주는 동네 아줌마처럼 스웨터를 걸치고 슬리퍼를 신고는 근처 24시간 편의점으로 갔다. 편의점 입구에 놓인 노란 바구니를 들고 미주는 필요한 물품들을 골랐다. 식빵에 찍힌 유통 날짜를 확인해서 넣고, 신라면·삼양라면·컵라면을 골고루 두 개씩 바구니 안에 던져 넣다가 어느 순간 미주는 손을 딱 멈췄다.

편의점 실내에는 FM 라디오 방송이 흘러 나오고 있었는데 귀에 익은 이름이 진행자에 의해 여러 차례 거명되고 있었다.

오늘부터 〈한밤의 팝세계〉를 진두 지휘하실 프로듀서가 바뀌었습니다. 김승우 PD십니다. 우리 시간을 애용해 주시는 전국의 청취자님들께 직접 인사를 드리는 게 좋겠지만, 하하하…… 제가 워낙 탁월한 진행자여서 도저히 나설 용기가 안 난다고 하시는군요. 그 대신 제가 김승우 PD께 취임 기념 첫 팝송을 선곡해 달라는 부탁을 드렸습니다. 바로 헬렌 레디의 〈You're My World〉, '당신은 나의 세계'입니다. 사연이 있을 것 같아서 물어 봤더니 그냥 빙긋빙긋 웃기만 하더군요. 자, 뭔가 사연이 있을 것 같은 감미로운 팝송! 청취자님들께서도 한번 들어 보시죠!

처음에 '김승우'라는 말을 들었을 때는 설마…… 하는 생각이 들었다. 하지만 〈You're My World〉란 곡명이 나오자 미주는 누군가에게 뒤통수를 세게 얻어맞은 듯한 기분이었다.

그 곡은 경포대 옆 커다란 해송이 있는 안목 백사장에서 승우가 비스듬히 누워 바닷빛의 음색으로 불렀던 곡이었다. 틀림없는 승우였다. 미주는 갑자기 킥킥킥, 웃음을 터뜨렸고 계산대로 바구니를 들고 가면서도 연신 고개를 설레설레 흔들었다.

녀석! 팝송을 잘 부르더니 팝송 PD가 됐네. 언젠가 CDS를 탈퇴했다는 소리를 듣고 경제학과 본업인 대기업 사원이 돼 있을 줄 알았는데. 어쨌든 실력이 있다 했더니 금방 자기 자리를 잡았군.

미주는 조금 묘하고 조금 즐거워진 기분으로 원룸으로 돌아와 FM 라디오 채널을 맞춰 놓고 라면을 끓이고 김치에 뜨거운 면발을 후후 불어 가며 먹었다.

첫 방송이라고 하니 앞으로 잘되라는 뜻으로 끝날 때까지 들어 주지.

미주는 중고등학교 시절 생각이 났다. 그때는 FM 음악 방송이 없으면 공부가 안 되는 것처럼 밤늦게까지 라디오를 틀어놓고 살았다. 대학 시절부터는 라디오 대신 비디오가 그 자리를 차지했다. 정말 오래간만에 듣는 FM 음악이었다. 한밤의 서정에 맞는 슬로록 풍의 팝송을 들으면서 미주는 시나리오가 화면에 떠 있는 컴퓨터 키보드를 부지런히 두들겼다.

자정을 넘겨 새벽 1시가 가까웠을 무렵, 요즘 신세대들에게는 인기 있는 톱가수이지만 목소리는 별로인 진행자가 재미있는 사연과 청취 소감을 많이 보내 달라며 주소와 팩스 번호를 말했다.

승우가 담당했다면 재미있을 것 같아서 미주는 화면 한 귀퉁이에 〈한밤의 팝세계〉 팩스 번호를 쳐놓았다. 기회가 되면 여고 시절에 엽서를 띄우듯이 한 사람의 청취자로서 팝송 두어 곡 정도는 신청해 볼 작정이었다.

지나간 여름날의 해변이 슬며시 떠올랐다. 승우의 얼굴과 느닷없던 행동까지. 순수의 시절? 아니 그보다는 세상을 만만하게 보고 적당한 야심과 열정으로 날뛰었던 풋내 나는 광기의 시간들. 미주는 여러 가지 감정들이 교차하는 얼굴을 턱으로 받치고 잠시 가만히 있었다. 미소를 머금은 가벼운 한숨이 저절로 나왔다.

미주는 '살다 보니 세상에 이런 재미도 있군!' 하는 표정으로 미소를 짓다가, 다시 심각하기 그지없는 촘촘한 눈빛으로 모니터에 떠 있는 주인공의 대사 몇 구절을 빠르게 고쳤다.

"이제 결정을 내려주셨으면 합니다. 사장님의 주문대로 주인공의 캐릭터까지 바꾸었잖아요. 지난번에는 대본을 보시고 입맛에 딱 맞다고 하셨고요."

해를 넘겨 2월의 마지막 주였다.

"나야 이 감독 작품이라면 하나 하고 싶지. 시나리오도 그만하면 탄탄하고 말이야. 하지만 스케줄이라는 게 있지 않나. 지난 주

초에 작품 하나가 크랭크인 일정 잡혔다고 내가 말하지 않았던가? 이 감독도 대본 읽어 봤잖아."

"형사 이야기요? 김진수 감독이 공모전에서 발굴했다는 시나리오 말이군요. 그거 안 할 거라고 하셨잖아요."

"아, 글쎄 그게 180도 쌈박하게 빠져 나왔더라구. 기획 회의를 여러 차례 했는데 한결같이 물건 되겠다는 거야. 대박 터질 가능성까지 있다고 다들 입을 모으는데 난들 어떡해. 오케이할 수밖에."

미주는 구질구질해지는 느낌이었다. 머리의 핀이 나갈 것 같은 심정이었다. 주인공 캐릭터만 원하는 대로 바꿔 오면 돈을 대주고 주인공과 스태프 진도 전부 다 원하는 대로 붙여 주겠다고 하던 영화사 사장이 확 달라져 있었다. 물고기 입질하는 식으로 사람을 물 속에 처박아 넣는 것을 한두 번 겪은 것도 아니었지만, 미주는 정말 해도 너무한다 싶었다.

파들파들 떨기 직전의 표정을 짓는 미주를 흘끗 쳐다본 사장은 능청스럽게 턱을 손으로 쓱쓱 비볐다.

"기다려 봐. 좋은 작품 가졌는데 조급할 거 뭐 있어. 내 판단엔 이 감독 물건은 내년용이야. 내년이면 그 대본이 먹힐 게 틀림없다고. 내년에 만사 제쳐놓고 우리 그것부터 만들자고."

"……내년요?"

"그래. 그 동안 그림 되는 아이디어를 대본에 더 심어 놓구 말이야. 그냥 한방에 해치우자는 거야."

그쯤 해서 일어서는 게 옳았다. 적어도 한때 사장이 게걸스럽게 침을 흘렸든 말든 미주가 2년여에 걸쳐 고치고 또 고쳤던 시나리오는 앞에 앉은 사장과 영화사에선 물 건너간 것이나 다름없었다. 하지만 현실은 강자 앞에서 약자를 비굴하게 만들었다. 미주는 나이 서른이 되어서 또다시 멀리 미국에 계시는 부모님에게까지 생활비를 부탁하고 싶지는 않았다.

"그렇다면…… 사장님! 일단 제 시나리오를 사 주실 의향은 없습니까? 대신 제가 감독료를 덜 받겠습니다."

"참 내, 영화판을 알 만큼 아는 감독이 왜 이러나? 영화 한번 발주되면 얼마나 큰 뭉칫돈이 깨지는지는 이 감독도 잘 알잖아. 이번 경우엔 대기업도 참가하지 않는대서 내가 요즘 은행돈까지 끌어들이느라 골머릴 앓고 있다고."

미주는 바닥이 보일 정도로 처참해졌다. 침이라도 탁 뱉고 나가면 속이라도 시원하겠지만 그런 짓은 충무로 판에서 영화 안 찍겠다고 선언하는 것이나 마찬가지였다. 더군다나 일반인들도 잘 모르는 영화 한 편을 찍어 낸 무명 감독 신분인 미주로선 말이다.

내년에 뭉치자고! 그래서 걸물 하나 만들어 칸느까지 날아가는 거야! 알았지? 알았지. 이 감독, 하는 사장의 말을 건성으로 흘려들으면서 미주는 일어나 호텔 커피숍을 빠져 나왔다. 미주는 입술을 질끈 깨물었다. 깡소주를 맥주 500cc 잔에 가득 따라 한 번에 벌컥벌컥 비워 내고 목청이 터져라 비명을 질러대고 싶었다. 눈물이 왈칵 솟구쳤지만 눈자위를 누르는 심정으로 참았다…….

미주는 신호를 기다렸다가 파란 불이 켜지자 교차로를 건넜다. 그 뒤를 조심스레 승우가 뒤따르고 있었다. 마침 같은 호텔 커피 숍에서 방송 관계자들을 만나고 있던 승우는 심각한 얼굴로 얘기를 하고 있는 미주를 발견했던 것이다. 참으로 오래간만이었다. 하지만 승우는 선뜻 미주 앞에 반갑게 나설 수가 없었다. 일이 잘 안 되는 표정이 역력했던 것이다.

승우는 기회를 봐서 미주와 우연히 마주치는 것을 가장하기 위해 거리를 두고 미주를 뒤따랐다. 미주가 간이 판매대에서 담배를 사느라 지갑을 뒤적거리고 있을 때 승우는 천천히 다가가 5천 원짜리를 반원형 창구 안으로 들이밀었다.

"복권 열 장 주세요. 5백 원짜리 긁는 걸로요."

"어!?"

"어?!"

"너…… 승우 아냐?"

"야아, 이거 나 참! 이렇게도 만나긴 만나네. 차암 내!"

승우는 고개를 설레설레 흔들며 웃었다.

승우는 헌칠한 키와 희고 준수한 얼굴에 잘 어울리는 세련된 양복을 입고 있었다. 미주는 어이가 없었지만, 내심 가벼운 탄성을 내지를 만큼 승우가 참 멋진 남자로 변했구나 싶은 마음이 들었다. 미주가 반갑다고 손을 내밀자 승우는 활달하게 미주의 손을 잡고 흔들었다. 미주는 그가 한 손에 들고 있는 한 줄의 긴 복권표가 우습다는 듯 턱으로 가리켰다.

"신수는 훤한데 너 꼭 복권 긁고 살아야 하니?"

"어제 내가 돼지우리에 들어가는 꿈을 꿨거든."

"돼지는 봤고?"

"아니."

"그럼, 꽝이겠다. 전부 다!"

"반씩 나눠서 긁어 보자. 걸린 걸로 술 마시게."

미주는 확실히 유쾌해졌다. 사람을 기분 좋게 만드는 승우의
능력은 여전했다.

미주는 승우가 건네 주는 100원짜리 동전을 건네 받으며 말했다.

"만약 2천만 원 나오면 그걸로 다 술 마실래?"

"그야 긁는 사람 맘이지 뭐."

"나한테서 나오면 내가 다 가진다."

"물론이지."

미주는 동그란 은박지 형태의 피막을 긁다가 멈추었다.

"근데…… 가만있자…… 너 첨부터 계속해서 반말한다?"

"같은 사회인끼리 서열 따지지 맙시다 이거."

"야, 그래도 선배는 선배야! 열받게 하지 마!"

"우리가 뭐 한번 해병은 영원한 해병도 아니고……. 에이, 난
전부 다 꽝이야! 미주 씨는 어때?"

"뭐어? 미주 씨? 어이구 이게…… 예전의 내 성격 같았으면
넌 벌써 초전 박살났다."

"하여튼간에 군대 갔다 온 나보다 군바리 용어는 더 써요."

"어머나……, 5천 원짜리 나왔다. 5백 원짜리도 한 장 나왔으니까 이야아, 5,500원 그냥 벌었네."

"어허, 약속은 지킵시다. 그건 우리의 공적 자금이라고. 2천만 원 아래로는 술 마시기로 했잖아."

"겨우 요거 가지고? 나 돈 없어."

"내가 있잖아. 가자고!"

두 사람은 햇수로 6년 만에 처음 만난 거였다. 같은 서울 하늘 아래 살면서, 더구나 영화나 팝뮤직이나 같은 문화권인데 그 동안 만나지 못한 것도 신기하다면 신기할 수 있었다. 술집을 찾아 걸으면서 옛날 근성이 아직 죽지 않았다는 듯 미주는 주먹으로 승우의 팔을 조금 세게 쳤다.

"야아! 너, 더 이상 반말하지 마!"

"이제부터는 맞아 죽더라도 할 거야. 군대에서 내가 배운 건 깡 하나뿐이었다구."

"아쭈, 센 데 다녀왔나 보네. 특전사? 해병?"

"아니. 더 센 데!"

"그런 데도 있나? 보안사? 안기부? 정보 기관?"

"아니. 국토……방위!"

"방위? 에라이, 이 망쪼야! 위대한 CDS에 몸담았던 사내들 중에서 이제껏 방위 갔다는 얘긴 못 들었다. 니가 첨이야! 쪽 팔린다 야, 떨어져서 걸어!"

"쳇, CDS? 남들이 들으면 무슨 무시무시한 용병 특수부대원

출신인 줄 알겠네."

"그럼, 아니냐? S가 솔저(soldier)의 약자잖아!"

두 사람은 쉼 없이 떠들며 키들거렸다.

그렇게 생각 없다는 듯 농담을 해대면서도 승우는 가슴이 터질 것 같았다. 그녀…… 그녀가 자신의 옆에서 웃고 떠들고 있었다. 6년 동안 혼자서 얼마나 많이 이런 모습을 떠올렸던가. 평소에는 전혀 사지도 않는 복권을 사려고 지폐를 내밀 때 승우의 손은 가늘게 떨렸었다. 가슴에서 쿵쾅거리는 진동이 마치 다이너마이트를 연발로 터뜨려대는 것 같았기 때문이었다. 처음 만날 때부터 반말을 굳히기 위해 그 동안 혼자서 거울을 보고 얼마나 많이 연습했던가? 승우가 약간의 무례를 무릅쓴 것은 말이 가진 장벽부터 뛰어넘고자 했기 때문이었다. 언어 속에는 사회 통념, 이를테면 관습이 내재되어 있어 사람들간의 간격과 상하를 일정하게 유지시킨다.

대학 시절, '미주 선배님'이라는 깍듯한 호칭에서 '미주 선배'라고 한 단계 허물없이 부를 수 있을 때까지 꼬박 1년이 걸렸다. 미주를 사회에서 다시 만났을 때 선배라는 호칭을 자기도 모르게 붙이거나, 그녀는 말을 낮추고 자신은 말을 높인다면 다시 상하 관계가 팽팽한 대학 시절로 되돌아갈까 봐 염려했던 것이다. 그래서 승우는 미주가 '반말하지 마!' 하고 브레이크를 걸어올 때도 필사적으로 미주가 기분 나빠하지 않을 범위에서 버텼다. 미주를 사랑하는 여자로 만나기 위해서, 자신이 미주에게 남자로 느껴지게 하기 위해서.

왜 이렇게 이 여자를 사랑하는 걸까. 서른 된 여자치고는 곱상
하긴 하지만 성격이 제멋대로잖아, 하고 말하는 사람이 있을지도
모른다. 서른 된 여자도 여자냐고 하는 사람도 있을지도 모른다.
네가 그토록 가슴속에 보듬어 안고 전전긍긍한 여자, 기막히게
늘씬한 여자가 좋다고 하는데도 눈길 한 번 안 주게 한 장본인이
바로 이 여자냐? 참, 이해가 안 간다. 뭐가 그렇게 좋은데, 하고
누군가가 묻는다면 승우는 답변이 궁색했다.

하지만 어쩌란 말인가. 생각만 해도 절절하고 가슴이 시린데.
이 여자가 아니면 도무지 안 되겠는데. 미주와 단 며칠이라도 함
께 산다면 자신이 가진 모든 것을 잃어도 괜찮을 것 같았다. 승우
는 외치고 싶었다. 그게 사랑이 아니고 뭐야?

"……야 ……야! 스…… 승우야! 저…… 정란이 안…… 왔
냐?"

미주는 승우 등에 업힌 채 팔을 축 늘어뜨리고 잔뜩 취해서 잠
꼬대처럼, 주정처럼 중얼거렸다.

"안 왔어. 정란 선배 아까 못 온다고 통화했잖아. 당직이라고
말이야. 잠깐 나오려고 했는데 교통 사고 환자들이 응급실에 들
이닥쳤댔잖아. 생각 안 나? 정신 좀 차려 봐!"

승우는 미주를 업고 택시를 잡기 위해 차도로 나가 손을 들었
다. 새벽 2시가 넘은 밤거리는 겨울 뒤끝으로 단단히 뭉쳐져 매

서웠다. 택시들은 비장감 있게 질주했다. 간혹 서는 택시는 혼자 몸이라 상대적으로 빠른 취객들이 잡아타고 사라지고 있었다.

미주가 마음놓고 술을 마신 것은 정란과 첫 통화를 하고부터였다. 정란이 밤 10시 정도면 나올 수 있다고 했기 때문이다. 하지만 10시 반이 되자 정란은 다시 전화를 걸어왔고 승우가 받았다. 정말 반갑다. 널 꼭 보고 싶어서 몇 시간만이라도 당직을 바꿀 사람을 찾아냈는데…… 응…… 오긴 왔어. 근데 응급 환자가 둘이나 들이닥쳤어. 안 되겠어. 오늘은 도저히 시간을 못 내겠어. 내가 비번인 날에 시간을 내서 꼭 만나자. 미주 걔 상태는 어때? ……많이 취했다고? 오랜만에 널 보니까 대장질하던 CDS 시절이 생각났나 보네. 어쨌든…… 상황이 안 좋네. 미주가 나 믿고 그렇게 마신 모양인데 어쩌겠니? 네게 부탁하는 수밖에. 정말 미안하다. 나 대신 미주를 한 번만 챙겨 줘, 하고 정란은 전화를 끊었다. 정란이 일하는 병원은 차로 15분 거리에 있었지만 만취 상태인 미주를 그쪽으로 데리고 갈 수는 없는 노릇이었다.

승우는 간신히 모범 택시를 잡았다. 미주는 머리를 어깨에 기대 놓아도 스르르 앞으로 미끄러져 앞좌석 등받이에 처박거나 반대편으로 쓰러지기 일쑤였다.

승우는 아예 미주의 이마에 손바닥을 올려 자신의 어깨에 밀착하여 고정시켰다. 양주 두 병을 비워 냈고 미주가 승우보다 한 박자는 더 빠르게 마셔댔으니 이만큼 가는 건 당연했다.

미주는 승우에게 무슨 일을 하는지, 어디 사는지, 결혼은 했는지, 하다못해 애인은 있는지 따위의 신변과 관련해서는 조금도 묻지 않았다. 승우도 마찬가지였다. 그냥 잡다한 농담으로도 그들은 충분히 재미있었고 조금씩 얼음을 녹여 가며 술맛을 즐겼다. 미주는 정란에게 꼭 오겠다는 약속을 받아 낸 뒤부터 확실히 빠르게 술잔을 비웠다.

"미주 씨, 속도가 좀 빨라!"

"암마! 술이야 취하기 위해 마시는 거지. 킥킥킥, 정란이가 내 뒤처리 전문이야. 걔 처리 하나는 완벽하게 해. 내가 아무리 술떡이 돼도 날 다루는 법을 알고 있거든."

"정란 선배 결혼 안 한대?"

"결혼?"

미주는 뇌관이 건드려진 기분이었다.

"얘 또 고리타분한 말로 스트레스 주는군. 너희 남자들 말이야. 괜히 여자 나이 가지고 이래저래 얽어매는데, 그거 정말 왕짜증이야. 결혼은 왜 하니? 누구 좋으라고! 야, 임마! 너희 남자들, 좀 솔직해져야 돼. 여자는 남자가 없어도 살 수 있어. 하지만 너네 남자들은 대부분 여자가 없으면 며칠도 못 버티는 족속들이 까불고들 있어. 경제 능력? 쳇, 그게 여자들이 능력이 없는 거냐? 무식하게 힘으로 경제를 장악하고 으스대며 '너흰 밥이나 하고 애나 낳아'라고 큰소리치는 게 바로 수컷들이야!"

미주는 빠르게 취하면서 잠시 잊었던 분통을 뒤늦게 터뜨리기 시작했다. 호텔 커피숍에서 만났던 그 인간 같지 않은 영화사 사장 때문에, 남자라는 이유 하나만으로 승우에게 퍼부어댔던 것이다.

"야아, 미주 씨! 그 동안 페미니스트 운동했나 봐! 맞아, 솔직히 여권 신장이란 면에서 우리 나란 아직 후진국 수준이지. 미주 씨 어휘가 좀 사납긴 하지만 맞는 말이야!"

"어쭈…… 기꺼이 참회라도 할 태세군!"

"미주 씨가 하라면 할게. 미주 씨 기분이 풀린다면 난 할 수 있어. 저기 남자 패거리들한테 가서 제일 으스대는 놈의 턱을 날리고 '여성 만세!'를 외치거나 '야! 너 여자 함부로 깔보면 죽여 버린다!'고 할 수도 있어. 어때? 확 해 버릴까? 패 버려? 저기 저 살찐 녀석으로?"

"못 말려! 아, 그건 관두고! 이쯤…… 해서 한 가지만은 확실하게 짚고 넘어가자!"

"뭐?"

미주의 손가락 끝이 승우의 얼굴을 가리키고 있었다. 미주의 눈동자는 이미 반쯤 풀려 있었고 혀끝 또한 말려 올라갔다.

"너…… 마! 기분 나뻐!"

"헛, 그래? 왜?"

"너 지금 인간 차별하냐? 아니…… 아니지! 너…… 지금 선배 차별하냐? 엉? 정란이한테는 선배라고 붙이고 나한테는……뭐, ……미주 씨? 씨? 너 첨부터 계속해서 나한테 씨! 씨! 하는데 야, 임마 우리가 무슨 캠퍼스 커플인 CC 출신도 아닌데,

너…… 왜 자꾸 나한테 씨, 씨, 하며 엉겨붙는 거야? 내가 만만해 보여? 엉? 대체 그 차별 근거가 뭐야?"

"……"

"엇, 이거 봐라! 대답 안 해? 너…… 정말 열받게 할래? 후딱 대답 안 해? 너 말야, 오늘 다 좋았는데 말투만은 첨부터 신경에 거슬렸어. 어서 선배님, 하고 깍듯하게 불러 봐!"

하지만 승우는 그 요구만은 끝까지 들어주지 않았다. 대신 빙 돌아 미주의 화를 푸느라고 공연한 너스레를 30분이나 넘게 떨어야 했다.

승우는 모범 택시를 잠시 세우게 하고는 24시간 편의점에 뛰어가서 속을 진정시키는 요플레와 갈증을 해소시킬 음료를 샀다. 이미 술 깨는 데 관련된 약은 주머니에 들어 있었다. 미주가 완전히 취했을 때 잠시 술집에서 나와 근처 약국에서 술병에 대비한 약을 짓고 두통약과 피로 회복 드링크, 겔포스 같은 위장 제산제까지 샀던 것이다.

대학 시절 술을 잔뜩 마신 다음날이면 미주는 으레 두통과 속쓰림에 시달렸었다. 그럴 때면 미주가 요플레와 두통약을 먹는다는 것을 승우는 알고 있었다.

고엽

창문 곁에 흩날리는 낙엽들, 빨갛고 금색의 가을 잎들.
당신의 입술에서 여름의 키스 자국을 봅니다.
내가 접근했던 당신의 손은 태양을 태워 버렸습니다.
당신이 가 버린 이후 낮은 길어지고
이제 곧 겨울의 노래가 들려 오게 되겠지요.
그러나 낙엽이 떨어지기 시작할 때,
나는 나의 연인을 그리워합니다.

—Autumn Leaves

이브 몽탕이 부른 노래로 미주의 꿈속 풍경에서 흐르던 멜로디.

은사시나무, 사랑, 가을

"미주 씨! 미주 씨!"

승우는 미주를 침대에 눕히고 흔들었다. 하지만 미주는 정신이 없었다. 승우에게 업힌 채 호텔 엘리베이터를 탈 때 미주는 '으읍' 하며 몇 번 쿨럭거렸었다. 그때 조금 토한 모양이었다. 미주의 옷 칼라 근처와 승우의 양복 상의 어깨와 등에 토사물 자국이 얼룩져 있었다.

난감한 표정으로 미주를 내려다본 승우는 미주의 겉옷을 벗기고 수건을 적셔 와 미주의 얼굴을 조심스레 누르며 닦아 주었다.

흘러내린 머리칼을 올려 주고 이마와 두 눈, 코와 입술을 몇 번이나 타월을 빨아 눌러 주었다. 아무래도 정도가 과하게 폭음한 듯했다. 미주는 속이 타는지 얼굴이 발갛게 달아올랐고 이마에 열까지 있었다.

이거 큰일인데.

심각하고 안타까운 표정으로 승우는 손목시계를 들여다본 뒤 전전긍긍하고 있었다.

새벽 2시 47분. 두 번째의 양주를 막무가내로 시킨 것은 미주였다. 그때 좀더 말리지 못한 것이 못내 후회스러웠다. 승우는 의자를 끌어다가 침대 옆머리에 놓고 앉았다. 그리고 두 손으로 미주의 한 손을 보듬어 쥐고 깊은 잠의 나락 속에 떨어져 있는 미주의 얼굴을 한참 동안 들여다보았다.

아프지 마. 마음도 몸도 아프지 않았으면 좋겠어. 당신은 모를 거야. 얼마나 보고 싶어했는지. 당신이 어디서 뭘 하는지 알고 싶어 하루에도 몇 번이나 수화기를 들었다가 그냥 놓았는지 몰라. 왜 그렇게…… 왜 그렇게…… 나를 그렇게 만드니. 난 이런 날이 오리라고 믿었어. 그 믿음 때문에 숨을 쉴 수 있었어. 미주 씨…… 아니, 미주야…… 넌 그런 나를 도무지 이해해 주지 못하는 것 같더라.

승우는 미주의 손등을 쓸던 오른손을 들어 자신의 눈자위를 눌렀다. 눈물이 흐를 것 같았다. 한번 눈물이 나면 그대로 엉엉 울며 폭발할 것 같았다.

그래…… 나도 너의 어떤 점이 이렇게 날 사로잡았는지, 내가 왜 너를 목숨을 바치고 싶을 만큼 사랑하는지 솔직히 이해가 잘 안 돼. 하지만 분명한 건 내 사랑이 그런 이해를 훨씬 앞서 있다는 거야. 미주야. 이제…… 네 마음을 열어 줘. ……단지 선후배라는 이유로 내가 너의 남자, 네가 나의 여자가 될 수 없다고 아직까지 생각하는 모양인데, 제발 속 좀 그만 썩여라.

난 너를 책임질 수 있어. 널 행복하게 안아 줄 자신도 있어. 그렇게 널 사랑할 수 있게 해 준다면 그깟 세 살 정도의 나이 차이며, 선배 후배 따위의 감정들은 일시에 태워 버릴 수 있어. 나…… 난 너의 발끝에서부터 머리카락 한 올 한 올까지 사랑하고, 네가 담고 있는 모든 생각과 고통까지도 사랑해. 너무나 간절하게.

미주 너와 첫 입맞춤을 했던 그날, 아니 네 머리카락에서 국화꽃 향기를 맡았던 날 예감했었지. 확신했었어. 네가 내 여자란 것을. ……하지만 네가 어떤 이유로든 나를 받아들이지 않는다면 나는 운명을 믿고 끝끝내 기다리기로 했어. 이렇게 우리가 우연히 다시 만나게 될 날을. 나는 적어도 네가 어떤 남자와 결혼했다는 소식, 예쁜 아기를 낳아 잘산다는 소식이 들릴 때까지는 결코 널 포기하지 않을 거라고 결심했어. 참 소극적이고 바보 같은 결정이지? 하지만 그런 부류의 사람들이 있어. 끝이 올 때까지 무작정, 한결같이 기다리는 사람들 말야. 사실…… 아주 오래 전부터 날 좋아하는 애가 있어. 영은이라는……. 내가 미주 네게 그러는 것처럼 걔가 내게 그래. 영은이만 생각하면 미안하고 가슴이 아프지. 아마도 내 사랑의 방식은 영은이한테서 배운 건지도 몰라. 아니면 걔가 겪은 고통을 나 또한 너로 인해 똑같이 겪게 만드는 깊은 섭리가 적용되고 있는지도 모르고. 영은이 얘기해서 기분 나쁘니? 하지만 내 사랑은 미주 너뿐이고 나의 사랑은 불변이야.

승우는 그렇게 미주의 얼굴을 들여다보며 얘기하고 있었다.

승우는 떨리는 손을 뻗어 미주의 머리카락과 뺨을 스치듯 만졌다. 미주의 손등을 들어 자신의 뺨에 갖다 대기도 했다.

그 무렵 미주는 슬며시 의식이 돌아왔다. 미주는 반쯤 눈을 떴다가 다시 감았다. 자신의 손을 두 손으로 보듬어 쥐고 걱정스레 들여다보는 승우가 얼핏 보였기 때문이었다.

그의 손가락이 얼마나 다정스레 머리카락을 매만지는지, 떨리는 길고 흰 손가락으로 자신의 볼을 쓰다듬는지……. 미주는 한번도 이런 부드러운 손길을 받아 본 기억이 없었다. 그것은 마음에서 우러나온 사랑이 가득한 손길이었다. 승우의 손은 아주 따스했고 신선했다. 고단함에 지친 자신의 마음을 위로하는 듯했다.

하지만 부담이 살아나자 미주는 미간을 찌푸리면서 승우가 앉은 방향에서 모로 틀어 옆으로 누웠다. 자연스럽게 미주의 표정과 손은 승우의 눈과 손에서 벗어났다.

승우는 침대 모포를 미주의 어깨까지 다독거려 잘 덮어 준 다음 스탠드 하나만을 켜 놓고 큰 불은 껐다. 그리고 더블침대 반대편에 놓인 또 한 장의 모포를 들고 소파로 가서 앉았다. 승우는 앉은 채로 모포를 덮고 등과 머리를 등받이에 기댔다.

승우가 움직이는 소리가 더 이상 들리지 않자 미주는 조심스레 손을 자신의 얼굴에 가져 갔다. 승우의 부드러운 손끝이 뺨 위에 미열을 일으키며 남아 있는 듯 느껴졌다.

쟤는 이젠 정말 마음먹고 나…… 날, 여자로 보는구나. 그때 그 밤의 해변에서 커다란 소나무처럼 있겠다는 말이…… 나를 …… 나를 사랑하겠다는 의지였어. 나를! 나를? 참 고집쟁이 녀석이군. 네가 아무리 그래도 난 연하는 딱 질색이야. 내 바로 밑의 동생이 승우 바로 네 나이야. 동생 나이의 남자랑 사랑을 한다고? 말도 안 돼. 남들이 한다면, 뭐 어때? 좋잖아, 해 줄 수도 있지만 내 경우가 된다면 받아들일 수 없어. 단 한 번도 생각조차 해 보지 않았던 그런 경우를 내가 인정하고 받아들인다는 건 정말 웃기는 코미디잖아!

하지만 네가 여자를 행복하게 해 줄 수 있는 아주 좋은 남자란 것은 인정하겠어. ……행복? 내 상황과 나이쯤 되면 참으로 눈물겨운 단어지. 예쁜 아이 낳고, 남편 출근시키고, 유모차를 밀면서 퇴근하는 남편을 마중 나가 손을 흔드는 여자를 보면 왈칵 눈물이 솟곤 하지. 그런 일상이면 넌더리난다고 고개를 절레절레 흔들던 내가, 어느 순간 그렇게 생각하고 있는 모습을 발견했을 때의 서글픔이란…….

……만약, 내가 승우 너랑 함께…… 산다면? 안 돼. 자신 없

어. 말도 안 돼, 하며 미주는 생각을 빠르게 정리하고는 눈을 감았다. 발끝에서 북을 치며 독한 술기가 올라왔다. 다시 서서히 잠에 빠져 드는 와중에 그녀는 나무를 보았다. 어디에 서 있어도 눈부시게 아름답게 느껴지는 장대한 나무. 승우가 미주의 뺨을 손가락으로 쓸 때 미주의 가슴속에 뿌리가 내렸던 것일까.

그의 가슴속에 뿌리를 내리고 살면 안 될까. 정말 그게 죽기보다 싫은 것일까. 승우는 여자가 사랑할 만한 요소를 많이 가지고 있는데. 근데…… 왜 나는 아니라는 걸까. 승우라는 후배를 어느 후배보다도 좋아하지만 승우라는 남자를 사랑하기를 주저하고 뒷걸음질치는 이유는 정말 무엇일까. 나는 결코 사랑을 두려워한 적은 없었어. 하지만 이 정체는 두려움이야. 어쩌면 나는 승우 같은 아름다운 남자를 가질 수 있다는 것 자체를 무서워하고 있는 건지도 몰라.

꿈속에 서 있는 나무에 미주는 등을 기대고 앉아 있었다. 그리고 발끝을 적시는 흐르는 강물을 굽어보며 그렇게 쉼 없이 중얼거렸다. 풍경을 적시며 오는 고요한 강물은 슬픔이었다. 하늘의 높이와 넓이는 외로움이고 쓸쓸함이었다.

내가 느끼는 그 두려움 속에는 무엇이 숨어 있는 걸까. 꿈속이 어두워지고 있었다. 밤이 오고 있었다.

노을 속에서, 오선지 위로 떠오르듯이 명징한 별들이 멜로디를 실어 냈다. 무엇인가 보이지 않게 물들고 조금씩 변하는 뒤척거림들. 목을 길게 늘어뜨리는 여자의 마음은 긴 머리카락과 함께

바람에 날렸다. 남자의 담배 연기, 남자의 체취 같은 그윽한 선율
이 바람에 날고 있었다.

　수그린 미주의 머리 위로 낙엽이 지고 바람이 불고 노을이 졌
다. 미주는 씩씩한 여자가 아니라 소녀가 되어 꿈속에서 울고 있
었다. 나뭇잎이 다 떨어져서, 밤이 깊어져서, 그가 오지 않아서.
그래, 이건 꿈이야. 꿈속에서 한번 울고 다시 아침의 문을 열고
나가면 되는 거야. 아무도 모르게. 나 자신도 모르게.

幸福

사랑하는 것은
사랑을 받느니보다 행복하나니라.
오늘도 나는
에메랄드빛 하늘이 환히 내다뵈는
우체국 창문 앞에 와서 너에게 편지를 쓴다.
 ……
사랑하는 것은
사랑을 받느니 보다 행복하나니라.
오늘도 나는 너에게 편지를 쓰나니
그리운이여, 그러면 안녕!
설령 이것이 이 세상 마지막 인사가 될지라도
사랑하였으므로 나는 진정 행복하였네라.
─유치환의 〈幸福〉 중에서

프로포즈

　그 후 미주는 승우를 만나지 않았다. 몇 번 전화가 걸려 왔다.
바쁘다는 핑계를 세 번째 댔을 때 승우는 술을 마신 모양이었다.
잔뜩 화가 났는지 "자꾸만 그러면 나 확 다른 여자에게 장가가 버
린다" 하고 말한 뒤 통통 부은 침묵을 지켰다.

　"오, 그래? 듣던 중 반가운 소리네. 생각 잘했어. 대학 때 너 좋
다고 목매던 여학생들 좀 많았니? 키 크지, 잘생겼지, 집안 좋지,
실력 좋지, 인간성 좋지, 5관 왕이다 얘. 완벽해. 지금도 네 주변
에 해바라기하는 여자들 엄청 많을걸. 너무 고르지 말고 후딱 가.

딱 장가갈 나이잖아."

"갈 거다, 정말?"

"그래. 장가가면 그 즉시 내가 너 만나 준다. 지난번에 술 엄청 빚졌으니까 술도 맘껏 사 줄게. 그러니까 제발 어서 가기나 해."

"정말 말 안 통하네. 도대체 내가 왜 안 된다는 거야?"

"글쎄 넌 안 돼. 어딜 날 넘봐. 넘볼 걸 넘봐야지! 감히 20대가 30대를!"

그 말에 승우는 뒤늦게 되새김질한 모양으로 킬킬거렸고, 미주는 피식 웃고 말았다. 드물게 투정을 부렸어도 "건강하게 잘 지내"라는 그의 인사말은 언제나처럼 다감했고 깍듯했다.

전화를 끊고 미주는 창문을 열었다. 밖에는 비가 내리고 있었다. 부담스러운 녀석. 장가를 가겠다고? 어이구, 이젠 패를 까놓고 덤비기로 작정한 모양이네. 지가 나한테 그런 말로 협박할 군번이야! 세월 좋아졌다. 동생 같은 녀석이! 나 참 어이가 없어서.

그러나 창 밖, 서울의 비 오는 밤하늘 아래 누군가 울고 있는 것 같아 미주는 자꾸만 밭은기침을 토했다.

1994년 8월 17일

승우와 술을 마시고 심하게 취했던 그날 이후로, 미주는 특별한 일이 없다면 매일 밤 그가 연출하는 음악 프로를 들었다. 러닝 타임 두 시간 중 한 시간은 담당자가 곡을 선곡해서 틀었고 한 시간은 청취자가 보낸 편지나 엽서, 팩스의 사연을 선별해서 신청

된 곡을 들려주는 방식이었다.

〈한밤의 팝세계〉가 진행되는 동안 승우의 목소리는 한 번도 나오지 않았지만 선곡되는 노래와 사연은 그의 손끝이 내는 맛이었다. 깨끗한 블루 빛에 맑고도 슬픈, 그러나 아름다움과 미소를 끝내 잃지 않는 따스한 사연과 팝송이 흘러 나왔다.

우연히 만나 같이 복권을 긁은 뒤부터 미주는 승우가 자신에게 보내는 메시지가 매일 하나씩 뜬다는 것을 눈치챘다. 승우가 진행자에게 넘겨주는 사연들 속에 자신이 쓴 글을 남몰래 하나씩 집어 넣은 것이었다.

'귀여운 술고래에게' '안목 바다 백사장에서' '캐나다 밴쿠버 토리박스를 아는 이에게' '길을 잃어버린 아이, 케저러로부터' '여자 왈패 감독 나와라' '보고 싶다 CDS 전임 회장! 응답 바란다' '산부인과 의사 친구를 둔 서른 살에게' 식으로 미주만이 사연 발신자를 알 수 있는 글들이었다.

사연의 대부분은 아주 코믹했지만, 그 속에는 한결같이 사랑이 들어 있었다.

미주가 4학년 때 승우를 포함한 CDS 주요 멤버들은 밴쿠버 단편 영화제에 참가했었다. 그때 길을 잃은 케저러라는 일곱 살짜리 사내애를 발견하고 미주와 승우가 경찰에게 안내해 준 적이 있었다. 오래 전 일을 추억의 상자에서 끄집어 내 한마당 개그로 만들어 띄운 사연이 '캐나다 벤쿠버……'나 '길을 잃어버린 아이……' 같은 것들이었다. 미주는 깔깔대고 웃다가 승우와 함께

보냈던 지난 시간들이 새삼 애틋하게 그리워졌다.

승우가 방송으로 한밤에 실어 보내는 메시지는 종종 미주에게 커다란 위안이 되었다. 최근 한 영화사에서 각색을 의뢰해 와 선금을 받고 일하는 것 외에는 되는 일도, 앞으로 될 일도 없어 보였다.

마음 같아선 직접 쓴 시나리오로 연출을 맡아, 한 번 크게 영화판을 놀래킬 작품을 뽑아낼 자신도 있건만, 도무지 진전되는 게 없었다. 서랍이나 충무로의 캐비닛 속에서 썩는 자신의 시나리오들과 함께 미주 자신도 푹푹 썩고 있는 것 같았다. 서울의 도심을 훅훅 찌게 만드는 이 열대야처럼.

미주는 창문을 열고 냉커피를 만들어 홀짝이면서 라디오에서 흘러 나오는 음악에 몸을 적셨다. 헨리 멘시니의 〈Moon River〉가 흐르다가 멎었다.

진행자가 갑자기 호들갑스럽게 떠들기 시작했다.

"앗! 좀 괴상?…… 아니 특별한 사연 하나가 도착해 있었군요? 네, 사연이 언뜻 보기에 프로포즈 같은데…… 상대가 현재 라디오를 듣고 있는지 아닌지조차도 모른다고 하니 과연 효과가 있을지 모르겠군요. 띄운 이는…… 쿡쿡쿡, 재밌군요. 네, '복권 긁은 사내'이고, 받는 사람은 '아홉 번 전화해도 한 번도 만나 주지 않는 여자'라고 되어 있습니다. 글쎄요…… 이 친구, 요즘 매일같이 여러 이름으로 사연을 보내고 음악 신청을 하는 친구 같은데…… 복권을 긁는다면 백수? 요즘 같은 세상에 백수를 만나

주는 여자는 흔치 않은 법이죠. 수신자·발신자가 좀 코믹하긴 하지만 담긴 사연이 보기 드물게 간절해서 연출자님께서 채택하신 모양입니다. 소개해 드리겠습니다.

국화꽃 향기가 나는 사람이여,

나는 매일 온전히 당신의 그리움만을 가지고 살아갑니다. 오늘도, 어제도, 엊그제도 나는 매일 당신이 사는 집 근처에서 서성거리며 하루 해를 보내고 왔습니다. 당신이 나올 때까지 무작정 기다리기를 벌써 석 달이 넘어갑니다.

사람들은 내게 말할지 모릅니다. 어리석다고, 그렇게 할 일이 없느냐고. 아니 당신까지 그렇게 말할지 모르겠지만 내 삶이 살아 있는 시간은 당신과 함께할 때뿐입니다. 나만의 시간은 아무 의미가 없습니다. 당신 집 근처에서 일고여덟 시간을 서성이며 기다리면 당신을 겨우 한두 번 볼 수 있습니다. 집에서 일하다가 슬리퍼를 신고 필요한 것을 사 가지고 돌아가거나 어딘가로 외출하는 시간입니다.

바보처럼 숨어 버린 나는 당신을 볼 수 있었다는 것 하나만으로 행복에 겨워 돌아옵니다. 내가 당신 앞에 나서거나 더 이상 전화하기를 주저하는 것은 나의 사랑이 부족해서가 아니라 당신이 부담을 느낄까봐 두려워해서입니다. 지금 이 순간도 나는 이 글이 당신을 불편하게 만들까 두렵습니다.

나는 당신을 은혜하고 고와하며 사랑하고 사랑하고 또 사랑합니다.

쉼 없이 눈물이 흐릅니다.

국화꽃 향기가 나는 사람이여,

내 마음을 받아 주십시오.

나와 결혼해 주십시오.

나는 당신의 향기로 이미 눈 멀고 귀 멀어 버렸습니다. 당신이 내게 지상에 살아 있는 유일한 한 사람의 여자가 된 지 이미 8년이 되었습니다. 당신이 주는 무심함이 내게는 참기 힘든 가혹함이었지만 난 얼마든지 견딜 수 있습니다. 10년을 채우고 20년도 채울 수 있습니다. 그러나 이렇게 성급하게 내 마음을 온전히 바치는 것은 내가 미력하나마 당신을 도울 수 있다고 믿기 때문입니다.

당신은 끝없이 추구해야 할 일이 있고 열정과 능력이 있습니다. 그러나 당신 혼자보다는 두 사람이 함께한다면 당신이 꿈꾸는 세계를 조금 더 빨리 이루리라고 믿습니다. 나는 당신의 일을 사랑하며 당신이 일하는 모습까지 더없이 사랑하기 때문입니다. 부탁입니다. 나를 남자로 받아 주십시오.

당신이 지금 라디오를 듣고 있는지, 이미 잠들었는지, 일에 열중하는지, 어느 것 하나 알지 못하지만 나는 틀림없이 내 간절한 마음이 당신에게 전달되리라고 믿습니다. 내가 당신에게 처음이자 마지막으로 키스를 했던 바닷가에 서 있는 커다란 소나무를 본다면, 당신은 내 마음이 그때 그곳에 이미 영원히 붙박여 있음을 알게 될 겁니다.

나의 사랑은 어느 누구라 해도 움직일 수가 없습니다. 내 사랑은 절대로 움직이지 못합니다. 왜냐하면 나는 당신에게만 뿌리를 박고 살 수 있는 한 그루 나무이니까요.

국화꽃 향기가 나는 사람이여,

나와 결혼해 주십시오!

사연을 들으며 미주는 감전된 듯 부르르 떨었다. 눈물이 왈칵
솟았다. 이젠 더 이상 부인할 수도 버티기도 힘들었다.

아…… 승우가 내 반쪽이었구나!

아, 그가, 진정 내 잃어버린 반쪽이었구나!

오랜 세월 저토록 일관되게 간절하다면 그는 억겁의 시간을 헤
쳐 온 내 남자일지도 모른다는 생각이 들었다. 단지 3년이란 찰
나의 시간을 늦게 도착한 것뿐이었다.

다리에 힘이 빠진 미주는 그 자리에 푹 주저앉았다. 더 이상 도
망칠 곳이 없기 때문이 아니라 이젠 자신을 속이기에 지쳤다는
의미였다. 이제는 그가 걸어오는 방향을 향해 자신도 똑바로 걸
어가 마주 서야 한다는 것. 그런 가운데서도 미주의 마음속에선
망설임과 떨림이 수없이 명멸했고 교차했다.

미주는 밤새 잠을 이루지 못했다. 새벽이 되자 미주는 차를 몰
고 강릉을 향해 출발했다. '바닷가에 서 있는 커다란 소나무를 본
다면, 당신은 내 마음이 그때 그곳에 이미 영원히 붙박여 있음을
알게 될 겁니다' 하는 구절을 확인하기 위해서였다.

네 시간이 조금 못 되어 미주는 경포대 옆 안목 백사장에 도착
했다. 바캉스 시즌이었지만 아침인 데다 그다지 알려지지 않은
곳이어서 사람들이 많지 않았다. 바다에서 걸어온 안개가 방파제

쪽 해변에 늘어선 텐트를 감싸고 있을 뿐, 해무를 빨아들이는 블루 빛의 바다는 예전과 변함없이 붉은 태양 아래 수평선을 그어 놓고 그 아래 잔잔하게 누워 있었다.

미주는 떨리는 가슴으로 승우가 말했던 그 소나무 앞으로 다가갔다. 아름드리 해송 줄기 한 면에는 이런 글씨가 조각되어 있었다.

'미주야! 사랑해! 영원히!'

미주는 손가락으로 그 글씨를 쓸어 내렸다. 이렇게 될 것을 왜 그토록 오래 그를 힘들게 했던 것일까. 정말 중요한 것은 나이니 선후배니 하는 가시적인 장벽이 아니라 그는 남자, 나는 여자, 그리고 서로 깊이 사랑한다는 것이었는데. 참으로 어리석었어.

미주는 가슴이 너무나 아파서 두 손으로 가슴을 싸안고 비틀거리며 백사장을 향해 걸어갔다. 그와 처음으로 입맞춤을 했던 그날, CDS 일행은 동이 트자마자 강릉 역을 향해 출발했었다. 두꺼운 소나무 껍질을 벗겨 내고 플래시를 비추면서 나무 속살에 이렇게 많은 글씨를 정교하게 팠다면 승우는 밤새 나무와 씨름을 했을 것이었다. 그런 그에게 서울로 돌아오는 기차에 타고 있는 동안 미주는 한 번도 눈길을 주지 않았었다. 아니, 오히려 승우 보란 듯이 성호 선배와 팔짱을 끼고 장난을 치며 놀았다는 것에 생각이 미치자 깊은 한숨과 함께 울음이 터져 나왔다.

미주는 바다를 마주한 채 몇 시간이고 하염없이 그렇게 앉아 있었다. 미주의 마음은 승우에게 한 여자로 완전히 변해 가고 있었다.

　그날 오후 4시. 미주는 우체국으로 가서 〈한밤의 팝세계〉 앞으로 띄울 사연을 쓰기 시작했다. '승우'라고 썼다가, '씨' 자를 붙여 '승우 씨!' 하고 썼다가, 지우고 다시 '승우에게'로 썼다가, '승우 씨에게'로 바꿨다가 또다시 지웠다. 호칭에 얼마나 많은 감정이 스며 있는지 미주는 새삼 놀라고 있었다. 한참 동안 망설이던 미주는 결국 적당한 호칭 하나를 찾아냈다.

　〈한밤의 팝세계〉 담당 프로듀서님께
　17일 밤 방송됐던 프로포즈 사연을 들은 청취자입니다. 제가 그 당사자입니다. '복권 긁은 사내'에게 전해 주십시오. 저는 이미 그 사람을 남자로 받아들였다고요. 저는 지금 그 해송이 있는 바닷가로 내려와 있습니다. 그 남자에게 연락이 닿는 대로 이곳으로 내려와 달라고 전해 주십시오. 제가 그곳에서 기다리고 있겠다고요. 부탁합니다.

　　　　　　　　　　　　　　　　　국화꽃 여자 드림

장미

누군가가 사랑은 부드러운 갈대밭을 삼키는
강물과 같다고 말했지요.
누군가가 사랑은 영혼에 상처를 남기는
면도날과 같은 것이라고 말했지요.
누군가가 말했지요.
사랑은 고통을 낳는다고.
그러나 내 사랑은 꽃과 같아요.
당신은 씨앗이고요.
춤을 배우지 않는 것은
이별을 두려워하기 때문입니다.
다른 누구도 따라갈 수 없고 사랑을 줄 수 없을 거예요.
사는 방법을 넓히지 않는 것은
죽기를 두려워하는 영혼이 있기 때문입니다.
밤이 무척 외롭고 인생이 험하게만 느껴질 때
사랑만이 행복을 주고 힘을 준다는 것을 생각하세요.
봄이 오면 햇빛을 받아 장미로 피어날 씨앗을 품고
눈에 덮여 있는 겨울임을 생각하세요.

—The Rose

배트 미들러의 노래로, 미주가 승우에게 처음 불러 준 곡.

바다가 들어오는 방

　미주는 밤새워 승우를 기다릴 작정이었다. 11시에서 새벽 1시까지 생방송 일을 끝내고 곧장 차를 몰고 여기까지 온다면 새벽 4시에서 5시 사이가 되리라고 예상했다. 그러나 승우는 미주가 우체국에서 팩스를 보낸 뒤 정확히 3시간 30분 뒤인 7시 40분에 안목 바닷가에 도착했다.

　승우가 프로그램을 준비하고 있을 때 미주의 팩스가 도착했다. 승우는 즉시 대타를 구해 놓고 곧바로 방송국을 뛰쳐나온 것이다.

　이미 해는 저물어 근처의 횟집에서 내뿜는 백열등과 하늘의 별만이 해변을 흐릿하게 비추고 있었다. 미주는 바닷가를 보며 생각에 잠겨 담배를 피우고 있었다. 여자로서의 설렘……. 막 담배를 끄려고 할 때 뒤에서 엄청나게 큰소리가 들렸다.

"미주 씨!"

빛처럼 관통하는, 섬광 같은 승우의 목소리였다. 승우가 팔과 손을 활짝 벌린 채 차도에서 백사장으로 내려서고 있었다. 미주도 미소를 머금고 일어나 승우를 향해 걸었다. 눈물이 어렸다. 그가 왔어. 너무도 빠르게, 바람처럼 날아왔어. 미주는 두 손을 뒤로 해서 깍지를 끼고 입술을 뾰족하게 내밀며 삐뚤삐뚤하게 걸어왔다. 왈패 같은 여자 선배에서 후배의 여자로 변하기에는 시간이 필요한 듯 어색함을 채 감추지 못한 걸음걸이였다.

5미터쯤 간격을 두고 거리가 좁혀졌을 때 두 사람은 백사장 중앙에서 멈춰 섰다. 승우가 믿기지 않는다는 듯 다시금 물었다.

"정말이지?"

"그래. 우리 한번 잘 사귀어 보자."

그는 "얏호!" 하며 주먹을 쥐고 밤빛으로 물드는 하늘을 한 방먹이듯이 펄쩍 뛰어올랐다가 모래사장에 두 발을 내디뎠다.

"그…… 그러니까 우린 지금부터 연인이란 말이지?"

"그래."

"미…… 미주라고 불러도 돼? 너라고도?"

"응."

"이얏호! 그렇다면 이제 미주 널 만져 봐도 되겠네?"

"뭐?"

"난…… 그래, 난 널 무지 만져 보고 싶었거든! 되지? 제발 된다고 말해 줘."

"얘가 우물에 가서 숭늉 찾는 식이네."

"되는 거지? 연인이니까, 응?"

"뭐 그래…… 조금은……."

미주의 말이 떨어지기가 무섭게 승우는 모래밭에 무릎을 꿇고 미주를 향해 큰절을 했다. 미주가 놀라 '얘! 무슨 짓이야. 얼른 일어나!' 하고 말할 사이도 없었다.

갑자기 탄력좋은 생고무처럼 뛰어오른 승우는 목청껏 괴상한 소리를 지르며 원시인들이 추는 춤 같은 몸짓으로 미주의 주위를 원을 그리며 돌았다. 모래를 발로 차고 뒹굴고 야단이었다.

'이야앗! 우워우워 왓왓! 아차라카파라! 웁와왓왓싸싸! 싸라비 아웁파파, 웃쿠쿠! 우왯왯, 쑤왜쑤웨.'

우습기도 하고 놀랍기도 했다. 예전 같다면 '얘가 미쳤나? 얌마 후딱 앉지 못해!' 하고 외쳤겠지만, 미주는 목에 굵은 힘줄을 세우며 소리치고 춤추는 승우를 보자 애틋함에 몸과 마음이 저려 왔다.

아프리카의 톤카 부락 사내들이 그런다고 했다. 원하는 여자를 얻으면 괴성을 질러대고 창을 대지에 꽂으며 전사처럼, 사자처럼 사납게 춤을 춘다고 했다. 이 여자는 내 거야. 건드리면 가만두지 않겠어. 악마도 절대 근접할 수 없어, 하는 뜻이 담긴 행동이라고 했다.

얼마나 기쁘면……. 사람이 사람 때문에 저렇게 기뻐할 수 있다는 것을 미주는 처음 경험하고 있는 것이다. 키가 180센티미터나 되는 커다란 덩치에, FM 간판 프로그램을 연출하는 PD가 저렇게 제식을 행하듯이 아이처럼 소년처럼 온몸과 마음을 다해 기쁨을 표출하고 있다니!

승우는 모래사장에서 수십 바퀴를 뒹굴며 모래를 사방에 흩뿌렸다. 마치 짝을 짓기 전 제 힘을 암컷에게 마음껏 과시하는 동물처럼. 그러다가 헉헉 가쁜 숨을 몰아 쉬며 꼼짝도 하지 않고 서 있는 미주에게로 걸어와 그녀를 와락 얼싸안았다.

"고마워, 미주야. 정말 고마워!"

"고맙긴……. 하고많은 젊고 예쁜 여자들을 놔두고…… 날 좋아해 주니까 내가 고맙지!"

"아냐, 아냐…… 너를 잡지 못할 것 같아서 내가 어…… 얼마나……. 으…… 으윽……."

자신이 버텨 낸 세월이 칼이 되어 가슴 깊숙한 곳을 찔렀는지 승우는 가슴을 한 손으로 싸쥐고 한 팔로 미주의 목을 끌어당긴 채 포효하듯 울기 시작했다. 더 이상 어떻게 표현할 길 없는 환희에서 터져나오는 감격의 소리였다.

내가 너에게 이처럼 절대적인 사람이었다니. 난 전혀 의식하지 못하고 있었는데, 아니 알고 나서도 그저 가볍게 넘겨 버리고 생각도 하지 않았는데. 승우 너 혼자 참으로 힘들었나 보구나. 내가 잘못했어. 다시는 안 그렇게.

승우의 눈물과 울음에 전이된 미주는 그런 생각을 하며 함께 울었다. 나같이 중성적이고 제멋대로인 계집애가 뭐가 좋다고. 참 너 별나다! 눈물까지 흘리게 만들고. 미주의 눈물은 금세 승우의 폭풍 같은 환희의 눈물과 통곡을 진화시켰다.

"야, 처음 보네. 너 왜 울어?"

"나? 니가 우니까."

"나야 기쁨이 안에서 수소 폭탄처럼 터졌으니까 어쩔 수 없어서 그랬던 거지."

"그랬어? 그럼, 더 울어! 이제 난 울지 않고 맘놓고 들어줄 테니까."

"됐어. 이젠 바다처럼 잔잔해졌어."

바다……. 그래, 바다 같은 사랑이 있을 수 있구나. 하늘만큼 땅만큼 사랑한다는 말이 참말일 수 있구나, 하는 행복감이 미주의 가슴속으로 밀물처럼 밀려왔다.

"너, 배 안 고프니?"

"아니, 전혀. 배보다도 아직은 내 마음을 더 진정시켜야 해. 너 배고프면 먹으러 가고, 아니면 조금 있다가 회 먹자."

"그럼, 여기 조금 앉았다가 가자."

두 사람은 철썩거리는 파도와 조금 떨어져서 검회색빛의 바다를 향해 나란히 앉았다. 승우가 미주의 어깨를 감싸안자 미주는 승우의 가슴에 얼굴을 기댔다. 자기 안에서 여자라는 감정을 느끼기는 처음이었다. 남자가 가장 남자다울 때, 사랑이 가장 사랑의 순수에 가까울 때 여자는 가장 여자답게 바뀌는 것인가 보다. 그런 점에서 사랑은 깊은 만큼 새롭다.

하지만 미주는 불안감이 가시지 않았다. 이 남자의 사랑도 결국은 때가 타지 않겠는가. 어쩌면 그때는 순전히 자신의 결핍으로 인해 투명에 가까운 이 남자의 가슴을 탁하게 할지도 모른다. 사람을 알아 가는 과정은 대부분 실망하는 과정이다. 사랑 속으로 들어가는 즉시 대부분 사랑으로부터 멀어지기 시작한다. 특히 결혼을 하면. 생활이란 게 디테일한 것이고 보면 실망과 싫증으로 사랑의 향기가 날아가는 것은 순식간의 일일 것이다.

만약 승우가 그렇게 변해 간다면 미주는 더없이 끔찍할 것 같았다. 사랑이 높고 깊은 만큼 그것이 상실되었을 때 상대적으로 추락감과 절망감 또한 깊지 않겠는가.

"도대체…… 도대체 내가 왜 그렇게 좋은 거야?"

미주는 담배에 불을 붙이며 물었다. 그러자 승우도 미주의 담뱃갑에서 담배 하나를 뽑아 입에 물고 불을 붙여 흠뻑 빤 뒤 후욱 하고 희고 푸른 연기를 토해 냈다.

"그런 질문이 어딨어? 그건 소나무에게 왜 푸르냐, 태양에게 왜 뜨거우냐고 묻는 것과 똑같아. 너니까. 너이어야만 하니까. 사랑이라는 감정이 너를 통해서만 내 가슴속에 만들어지니까 하는 수 없는 거지."

"그래도…… 네가 나한테 실망하면 어쩌지? 나처럼 이기적이고 덜렁대고 독선적인 여자도 드물거든. 너 잘 알잖아."

"하하하. 미주 씬 내 마음을 잘 몰라서 그래. 그때 저기서 미주 씨랑 키스하고 난 뒤 내가 바닷속으로 걸어 들어갔던 거 모르지? 모를 거야."

"아니, 왜?"

"단 한 번일지라도 너와 키스한 게 너무 행복해서 그 마음으로 죽고 싶었거든. 그런데 목숨이 아깝다기보다는 욕심이 생기더라고. 혹시 오늘과 같은 일이 일어날 수도 있을지 모르는데, 하는. 그리고 사실 네가 너무 아까워서 죽기가 정말 억울하더라고!"

"미쳐."

"대학 1학년 내내 너한테 '미주 씨!' 하고 한번 불러 보는 게 소원이었어. 끝끝내 이룰 수 없었지만."

"야아, 그럼 너 엄청 행복하겠다. 너 지금 내 이름 막 부르고 있잖아. 미주야, 미주야, 하면서."

"그래. 이제야 내 맘을 이해하는군. 너에 대한 내 마음을 통념적인 사랑으로 해석하지 않았으면 좋겠어. 이를테면 난 너를 위해 태어난 놈 같다고 생각해. CDS 모임에 가다가 지하철에서 널 처음 만난 그 주 내내, 내가 물 한 모금 못 삼키고 불덩이처럼 앓았던 것도 너 모르지?"

"……그랬어? 그렇다면 그거 병 아닐까?"

"병? 맞아! 정확해. 넌 나를 지상에 존재케 하는 유일한 약이고. 네가 없으면 난 죽을 수밖에 없지. 이제 좀 이해돼?"

"그래. 근데 왜 6년 동안 한 번도 날 찾지 않았어?"

"신을 믿는 마음으로 하루하루 버텼지. 이처럼 불타는 고통을 주는 사람이 있다면 운명일 거고, 신이 있다면 반드시 너랑 이렇게 만나게 되리라 믿었어. 너와 사랑을 나눌 수 있다면 그 뒤에 오는 어떤 고통도 기꺼이 감수하리라고 내 일기 곳곳에 써놓았어."

"호호호, 그럼 난 신이 보낸 성스러운 여자네!"

"맞아."

"큰일났다. 알고 보면 나만큼 지독한 속물인 여자도 드문데. 금방 뽀롱나게 생겼네."

"속물? 흐음, 뭐 그 정도 가벼운 것쯤은 감수해야지."

"뭐야? 이게 오냐오냐 했더니 한없이 까부네! 그렇다면……정말 내가 신이 보낸 여자였는데 어느 날 갑자기 신이 돌려달라고 하면 너 어떻게 할래?"

"그런 일은 있을 리 없어. 절대로! 신은 공평하니까 말이야."

"그래……"

두 사람은 입술을 맞춘 뒤 쑥스러움이 담긴 눈으로 밤하늘의 별을 올려다보았다.

유성 하나가 여름 밤하늘에 포물선의 빛을 남기며 사라졌다. 불타는 붉은 별이었다. 미주는 손가락으로 별을 가리켰다가 천천히 가슴 쪽으로 접었다.

"저걸 보니 불현듯 노래가 떠오르네. 영화 〈더 로즈〉에서 베트 미들러가 불렀던 노래 〈The Rose〉."

"사랑을 그렇게 완벽하게 표현한 팝송도 드물지. 명곡이야."

"슬픈 노래잖아. 처연하리 만큼."

"사랑이 순수한 만큼 슬픈 건 너무나 당연하지. 하지만 그 가사가 담고 있는 것은 사랑하는 이들에게 보내는 격려와 희망이야."

"역시 팝 전문가의 해석은 다르군. 내가 한번 불러 볼까?"

"너무나 감사하지!"

미주와 승우는 시원한 조갯국과 회덮밥에 소주까지 반주로 곁들여 마셨다. 그리고 깊은 밤에 쫓기듯이 그들은 발 한쪽을 바다에 담그고 있는 듯 해안에 인접한 모텔 3층 방에 투숙했다. 푸른 타일로 덮인 그 건물은 방파제를 사이에 두고 바다와 거의 닿아 있었다. 쉼 없이 파도가 치는 딱딱한 암반 위에 어떻게 건물이 세워졌는지 신기할 정도였다.

"너, 사고 치면 안 된다! 경고했어."

미주는 어색함을 감추기 위해 씩씩하게 말했다. 승우는 샤워하지 않겠느냐고 물었다.

"너 먼저 해. 너, 백사장에서 얼마나 들뛰었던지 땀이 쉬는 냄새가 풀풀 나더라."

"그랬을 거야. 진종일 뛴 기분이니까."

승우는 줄무늬 티셔츠를 입은 채 목에 수건을 두르고 싱긋 웃으며 샤워실로 들어갔다.

미주는 마른 속옷을 사지 못한 게 마음에 걸렸다. 온통 땀에 젖었을 텐데. 상점 문들이 이미 다 닫힌 시간이었다. 남자 속옷을 걱정을 하는 자신이 생경스러워서 미주는 스스로 놀랐다.

파도 치는 소리가 끊임없이 들렸다. 흰 광목으로 만든 커다란 커튼의 귀퉁이에는 귀여운 조가비가 그려져 있었다. 미주는 바다로 난 벽 전면의 커튼을 열어젖히며 가벼운 탄성을 질렀다. 바다 쪽 벽은 전면이 유리였다. 유리 너머엔 흑빛의 수평선과 바닷물의 출렁거림이 달빛과 함께 유화(油畵)처럼 걸려 있었다. 밤 바다 수평선이 미주의 가슴 선에 걸렸다. 창문에 바짝 붙어 서자 왼쪽으로 멀리 흰 등대가 보였고 오른쪽으로는 작은 태양을 실은 듯, 환한 집어등을 가득 매단 오징어배가 먼바다에서 작업하는 풍경이 보였다. 등대는 검은 바다를 향해 쉼 없이 따스한 눈길을 보내고 있었다.

미주는 담배를 물었다. 대학 때부터 골초였던 담배가 갑자기 쓰게 느껴졌다. 그녀는 두어 모금 빨고는 재떨이에 비벼 껐다.

"시원한데!"

"청량해 보여."

샤워를 마치고 젖은 머리칼을 타월로 닦으며 나온 승우는 소매 없는 러닝셔츠에 캐주얼한 면 양복바지를 입고 있었다. 그는 손가락으로 무릎까지 걷어붙인 자신의 바지를 가리켰다.

"나, 노팬티다. 히히!"

"못 말려. 그것도 자랑이나?"

"너도 해. 여긴 샤워기가 두 개나 있더라. 한쪽은 바닷물이 나오더라고. 죽이지 않니?"

"그래? 그럼, 나도 해야지!"

미주는 옷장 안에 있는 얇고 가벼운, 정갈하게 빨아서 말린 가운과 마른 타월을 들고 샤워실 안으로 들어갔다. 승우는 어느새 티셔츠와 팬티를 빨아 건조대에 걸어 놓았다. 미주는 샤워실 안에서 머리를 내밀었다.

"승우야. 러닝 벗어 줘."

"러닝?"

"빠는 김에 같이 빨게."

"정말? 이거 어떻게 고마움을 표해야 하나?"

"다른 꿍꿍이속이나 먹지 마."

샤워를 마친 승우와 미주는 나란히 침대에 누웠다.

"자자!"

"이 상황에 잠이 오겠냐? 그렇다면 인간도 아니지!"

"에어컨 꺼도 되겠다. 추워."

"그럼 내가 덮혀 줄게. 이리 와."

미주는 군말 않고 승우가 팔을 벌리는 곳에 머리를 뉘었다. 그의 가운 아래 살갗에서 서늘하고도 따스한 온기가 느껴졌다. 희고 잘생긴 이마에서 발하는 상쾌한 미열 같은. 승우는 미주의 살풋 젖은 머리카락에 대고 냄새를 맡았다. 바닷물에 샤워를 해서

인지 국화꽃 향기 대신 해초류 냄새가 나는 것 같았다.

"민물로 안 헹궜어?"

"헹궜어."

"그래?"

"나니?"

"아니. 인어 비늘 냄새가 나는데. 미역 냄새도 나고."

"바다 옆이라서 그런가?"

"있잖아. 정말 네 머리카락이 전부 다 국화꽃이라면 기막힐 거야, 그지? 무지 어울릴 거 같지?"

"그럼, 나이가 들면 머리카락 꽃이 시들 거 아냐? 얘, 그건 좀 별로다."

"내가 매일 스프레이로 물 뿌려 주고 관리해 주면 되잖아."

"됐네, 이 사람아! 근데 커튼을 저렇게 열어 두고 자도 될까 모르겠네?"

"뭐 어때서? 바다밖에 없는데. 물고기나 우릴 볼 수 있을까?"

"그렇긴 하다. 3층이니까. 후후후…… 이렇게 누워 있으니까 우리가 어항 속에 들어 있는 것 같애. 저 봐 수평선이 저 위에서 출렁거리잖아."

"그래, 만약 혼자 투숙한 남자라면 인어가 들어오는 꿈을 꿀 수도 있을 것 같은데."

"파도가 많이 칠 때는 꼭 배 타고 있는 것 같겠……."

승우의 입술이 미주의 입술을 살포시 덮었다. 꽃잎과 비늘과

파래가 느껴지는 승우의 부드러운 혀가 미주의 입술 선을 따라 쓰다듬어 갔다.

승우의 한 손이 미주의 머리카락에서부터 목과 가는 어깨선을 따라 내려왔다. 꼭 나뭇잎으로 된 손을 가진 듯이 부드럽게. 그의 손끝이 닿는 곳에서 한 스푼의 바람과 눈부신 봄햇살, 밤 물결 소리, 약간의 어지럼증으로 미주의 세포는 푸르게 눈을 뜨고 있었다.

미주는 나락하는 느낌을 비상시켜 감은 눈을 크게 떴다. 몸 속에 있는 모든 풀잎들이 저 멀리에서 오는 산불을 보고 놀라 일제히 일어나 일렁거리는 느낌……

승우는 여자의 몸을 처음 만지고 있었다. 그가 처음이라고 말하면 미주는 반신반의하겠지만, 그러나 사실이었다. 만약 자신의 사랑을 고정시켜 버린 미주를 대학 신입생 때 만나지 않았다면 그도 한 두 번쯤은 욕망에 탐닉했을지도 모른다. 쉽게 만나고 쉽게 헤어지는 무수한 엇갈림 속의 사람들처럼. 하지만 상처를 받는 것은 육체가 아니라 사랑을 담는 마음 상자일 것이다.

단 한 번 열리는 마음의 보석 상자.

승우는 그 상자를 미주에게 처음 열어 주고 싶었다. 그것이 이루어질지 못 이루어질지는 알 수 없어도, 그녀만이 열 수 있는 마음의 보석 상자를 가졌다는 건 눈부신 일이다. 육체의 미로를 통해 완전한 사랑을 찾아가는 길. 상자에서는 램프나 촛불이 나올 것이다. 세상의 멀고 어두운 길을 걸어갈 때 환히 비춰 줄 수 있는 꺼지지 않는 등불 말이다.

미주는 승우의 눈과 희고 빛나는 얼굴, 약간 젖은 머리카락을 눈에 천천히 담은 뒤 살포시 눈을 감았다. 열 손가락을 다 펴고 만져 본 그의 몸은 자작나무 같았다. 그의 살갗과 움직임에는 마음이 온전히 배어 있었다. 갑자기 눈물이 솟아나왔다.

그의 입술이 그녀의 몸 곳곳에서 피어났다.

우뚝 선 등대…… 집어등을 가득 단, 빛의 꽃밭을 실은 배 …… 바다와 바람의 친구 해송(海松)…… 모래사장에서 들뛰던 승우의 환희…… 사랑을 찾은 아프리카 전사의 춤…… 그런 것들이 미주를 향해 밀려들어 오는 느낌이었다. 그 사이에 파도가 쉼 없이 푸른 타일 건물 밑을 때렸다. 어느 순간 미주는 아, 하고 짧은 탄성을 지르며 눈을 떴다. 투명에 가까운 푸른 바다가 방안으로 들어오고 있었다.

등 푸른 비늘의 물고기처럼, 그들은 자유로웠다.

단 한 번 열리는 마음의 보석 상자. 승우는 그 상자를
미주에게 처음 열어 주고 싶었다.

묘비명

예언자들이 그들의 예언을
새겨 놓았던 벽에 금이 가고 있어요.
죽음이라는 사기 위에 햇빛은 밝게 빛납니다.
모든 사람들이 악몽과 꿈으로 분열될 때
아무도 월계관을 쓰지 못할 것입니다.
침묵이 절규를 삼켜 버리듯이,
내가 금가고 부서진 길을 기어갈 때
혼란이 나의 묘비명이 될 것입니다.
우리가 모든 것을 할 수 있다면
뒤에 앉아 웃기나 할 텐데,
울어야 할 내일이 두렵습니다.
운명의 철문 사이에 시간의 씨앗은 뿌려졌고
아는 자와 알려진 자들이 물을 주었어요.
어떤 법도 지켜지지 않을 때
지식이란 죽음과도 같은 것.
내가 볼 때 모든 인간의 운명은
바보들의 손에 쥐어져 있어요.
　─Epitaph

킹 크림슨의 대표곡이자, 미주가 정란을 만나고 돌아올 때 거리에서 들었던 곡.

세월

미주와 승우는 그 해 12월 20일에 결혼했다. 1994년, 바다에서 두 사람이 밤을 보내고 서울로 돌아온 뒤 약 넉 달 만의 일이었고 꼭 124일째 되던 날이었다.

영은은 12월 9일 필리핀에서 예고 없이 귀국했다가 승우에게 결혼한다는 얘기를 들었다. 그녀는 30분 넘게 아무 말도 하지 않고 커피숍 천장 쪽으로 눈길을 돌렸다. 눈물을 말리기 위해서인 듯했다.

승우는 가슴 한 쪽이 미어지는 것 같았다. 영은은 열다섯 살 때부터 스물여섯 살이 될 때까지 승우가 사랑해 주기만을 기다려 온 여자였다. 11년, 참으로 긴 세월이 아닌가! 승우가 많은 암시를 하고 결국에는 매정하게 통고하다시피 했는데도 제 고집대로 혼자 해바라기 사랑을 해 온 독한 일면이 영은에게는 있었다. 아니 영은에게 독하다는 표현은 적당치가 않다. 승우는 자신이 여자라면 아마 꼭 영은이 같았을 거라고 여러 번 느꼈다. 마음이 닮은 사람들. 그러나 사랑은 처음부터 끝끝내 비껴 간 것이다.

영은은 착잡하기 그지없는 표정을 짓고 있는 승우를 보고는 창문 쪽으로 고개를 돌리며 말했다.

"우리 엄마 족집게 도사인가 봐."

"응?"

"이번에 승우 오빠 보려고 한국에 간다니까 그 다음날 남자 사진을 처음으로 내밀더라고. 마닐라에서 교포가 운영하는 커다란 오토바이 헬멧 공장 사장 아들인데 마닐라 대학에서 박사 코스를 밟는 재원이래. 교수직은 따 놓은 당상이라나 뭐라나. 오빠도 알지? 마닐라 대학 수준이 서울대보다 훨씬 높다는 거. 얼굴도 잘생겼더라. 오빠만큼은 아니지만."

"……나이는?"

"서른하나."

"네 생각은 어떤데?"

"글쎄…… 오빠한테 이런 선고를 들으리라는 예감이 작용한 건가? 약간 필이 오더라고."

선고, 라는 말이 승우 마음에 걸렸다. '나 곧 결혼해!'라는 말보다 영은에게 가혹한 말이 세상에 또 어디 있을까. 하지만 그 말을 안 할 수는 없었다. 영은은 미간을 찌푸리고 웃음도 울음도 아닌 묘한 표정을 그렸다 지웠다를 반복했다. 그녀는 태어나서 가장 견디기 힘든 시간을 참아 내고 있는 것이다.

"여…… 영은아!"

"아무 말도 하지 마. 듣고 싶지 않아. ……그냥 칵 죽고 싶어. 정말 이대로 칵……!"

"……."

영은은 입술을 질끈 깨물었다가 풀었다. 그러고는 더 이상 참지 못하겠다는 듯 승우에게 대들듯이 소리쳤다.

"잘났어, 정말! 미워 죽겠어! 죽이고 싶어. 오빠는 왜 그렇게 멍텅구리야? 이 세상에 나 싫다는 남자는 오빠 한 사람뿐이야. 난 오빠만을 위해서 착하게 공부 열심히 하고, 예뻐지려고 노력해 왔는데……. 세상에! 이게 웬일이람? 난 설마 했지 이런 날이 오리라고는…… 꿈도 못 꿨어. 이렇게 예쁜, 자기만을 사랑하고 목매며 기다려온 나를 두고, 뭐 어째? 딴 여자와 결혼한다고? 기가 막혀서……. 기가 막혀서……."

영은의 초롱초롱한 두 눈에 이슬이 맺혔다. 치과 의사가 되어 마닐라에서 개원까지 한 숙녀가 아이처럼 떼쓰는 것을 보자 승우는 고개를 꺾을 수밖에 없었다. 수그린 승우의 눈동자에 눈물이 얼비쳤다. 사랑과 비슷하지만 그것과는 성질이 조금 다른 눈물이었다. 영은의 말처럼 예쁘고 자기 일까지 딱 부러지게 해내는 여자가 자신을 그토록 오래 기다려 준 것에 대한 감사함과 죄책감, 안쓰러움과 슬픔이 눈물 속에 녹아 있었다.

"언제 결혼해?"

"이번 달 20일."

"어…… 얼마나 급했으면. 겨우 열흘 남았네. 그 여자가 그렇게 좋았어? 어디 살아? 한번 만나나 보게. 아니 먼발치에서 한번 보기만 할게. 어디야?"

"……."

"아, 아냐! 알려 줄 필요 없어. 그 여잘 보면 내가 미치거나 그 여잘 죽이거나 둘 중의 하나일 거야. 악담이라도 좋아. 사실이니까."

영은은 갑자기 탁자 위에 팔꿈치를 대고 두 손을 머리카락에 파묻고 고개를 수그리더니 거친 숨을 내뿜었다.

"나 안 울 거야. 내가 미쳤어? 나 싫다고 다른 여자한테 도망치는 오빠 때문에 울게?"

"……고맙다."

그녀는 손목시계를 들여다보았다.

"오……빠!"

"응?"

"오빠는 아주 좋은 사람이지만 남자로선 내게 지독하게 나쁜 인간이야. 여자에게 저지를 수 있는 그 어떤 행위보다도 더! 알기나 해?"

"……응. 정말 미안하다."

"사과는 싫어. 내가 자초한걸 뭐. 내가 필리핀에서 15년째 살고 있잖아. 그 나라에, 여자한테 눈물을 흘리게 한 남자는 꼭 열 배의 눈물을 흘리게 한다는 주문이 있어. 남자의 불행을 부르는 일종의 저주이지. 재미있어서 외워 뒀거든. 근데 내가 오빠를 향해 그 주문을 외울 것 같아, 안 외울 것 같아?"

"……글쎄?"

영은이 갑자기 손을 뻗었다. 엉거주춤 승우가 손을 내밀자 그녀는 두 손으로 승우의 손을 잡더니 자신의 뺨에 가져다 대었다. 그러자 주룩, 하고 그녀의 눈물 한 방울이 승우의 손등을 타고 흘러내렸다.

"오빠, ……잘살아야 돼? 응? 꼭이야!"

"그래."

"나 같은 여잘 놔두고 다른 여자랑 결혼할 정도라면 오빠는 그 여자와 매일 천국에서 사는 것처럼 행복하게 살아야 돼. 알았지? 응? 꼭 그러겠다고 대답해 줘!"

"그래…… 그래, 약속할게."

"됐어. 안심이야. 나 그 주문 안 외울게. 혹 못 참아서 외우더라도 그 저주를 지우는 해독 주문도 알고 있으니까 염려하지 마. 어쨌든 난 오빠가 사랑하는 여자를 만났으니까 정말 마음이 놓이고 기쁘기도 해."

영은은 일어났다. 그리고 손을 내밀었다. 승우가 악수를 하자 그녀는 와락 그의 품에 안겨들었다. 그러고는 끝내 얼굴을 보이지 않은 채 그를 스쳐 밖으로 나가 버렸다.

승우는 마음놓고 눈물 두 줄기를 뺨 위에 그었다. 그리고 떨리는 손으로 담배를 피워 물었다. 그 눈물은 자신을 위한 게 아니라 영은의 아픔에서 전이된 거였다. 영은은 승우의 마지막 눈물을 받을 충분한 자격이 있는 사람이었다.

사람이 사랑하고 결혼하는 데는 두 종류의 관계가 있다. 내가 상대를 더 사랑하느냐, 아니면 상대가 나를 더 사랑하느냐. 그 미묘한 차이가 두 사람의 관계에 엄청난 마법을 부려 희로애락과 행복과 절망, 비탄과 기쁨, 슬픔을 기하급수적으로 빚어 낸다. 이후 그들의 삶에는 그 선택에 대해 끝까지 책임지는 일만 남는다.

승우가 미주와 결혼하겠다고 집으로 데려간 날, 승우의 어머니는 한마디도 하지 않았다. 승우의 아버지는 세 살이나 연상의 여자를 신붓감으로 느닷없이 데려온 것에 대해 당황했다. 직업이 영화 감독이라고 하자 아버지는 잠시 할말을 잃었다.

지금까지 한 번도 속을 썩이거나 엇나간 적이 없는 착실하고 자랑스런 외아들이었는데……. 부모는 모두 영문을 모르겠다는 표정을 시종일관 짓고 있었다. 그나마 아들의 선택을 존중해 주려고 애쓰는 아버지만이 미주와 이런 저런 얘기 몇 마디를 나누었을 뿐이다.

미주가 돌아간 뒤 어머니는 극렬하게 결혼을 반대하고 나섰다.

아버지는 무거운 침묵만 지켰다. 어머니는 하소연을 했고, 아버지도 급기야 승우에게 '결혼만은 시간적인 여유를 가지고 생각해 주었으면 한다'고 부탁하듯 말했다. 그러나 그들은 아들이 고집을 꺾지 않으리란 것을 알았다.

12월 20일. 미주와 승우는 결혼했다. 바람도 몹시 불고 슬긋슬긋 눈발까지 날리던 날이었다. 승우는 어머니가 자리를 잡고 드러누워 아버지도 오지 못한다는 연락을 받았다. 하지만 행복하게 잘살라고, 나중에 엄마 마음이 풀리면 그 아가씨를 며느리로 맞아들여 잘 해 줄 거라는 말을 남기고 아버지는 전화를 끊었다. 시댁 어른들이 불참하게 되자 미주도 미국에 있는 부모님을 초대하지 않았다. 정말 이런 결혼을 꼭 해야 하는 건가 하고 미주는 몇 번이나 망설였다. 그러나 승우가 너무나 굳건했기에 그녀는 견뎌낼 수 있었다.

결혼식 날, CDS 동문들이 서른여 명 와서 미주와 승우를 헹가래까지 쳐주었다. 그 동안 미주와 승우는 산부인과 전문의 과정을 밟고 있는 정란을 따로 몇 번 만났다.

"다음주에 나 승우와 결혼한다!"

미주의 느닷없는 결혼 통고에 정란은 놀라서 눈을 동그랗게 떴다 감았다를 반복했다.

"저…… 정말이야?"

"그래. 근데 넌 믿기지 않는 눈치구나."

"아냐. 너희들이 다시 만났다는 얘길 들었을 때 이렇게 될지도 모른다는 생각은 들었어. 그래도, 정말…… 대단하다…….”

“뭐가?”

“승우, 이젠 이렇게 부르면 안 되겠네. 승우 씨 말이야. 대학 1학년 초에 널 보고 마음먹은 것 같더니 결국 이렇게 해내는구나. 놀라워. 축하한……다! 잘됐어. 정말 잘된 일이야!”

친구 미주가 노처녀란 거추장스런 꼬리를 뗄 수 있다는 건 좋은 일이었다. 그것도 서른 살에! 정란은 혼자 맞아야 하는 서른이라는 나이가 정말 싫었다. 발랄함과 청순함, 푸름, 향기로움 같은 날개를 다 잘라 버려야 하는, 서슬 퍼런 단두대로 끌려 들어가는 듯한 심정! 무엇을 봐도 묘하고 착잡해지고, 까딱 잘못하면 우울증에 걸릴 수도 있는 경계가 바로 여자 나이 서른이었다.

그 단두대에서 미주는 칼을 타는 신기의 여자처럼 멋지게 날아오른 거였다. 모든 잡스런 편견과 시선, 말들을 일거에 잘라 버리는 비상(飛上). 더구나 승우 같은 근사한 남자가 딱지와 편견으로 가득한 꼬리를 잘라 주지 않았는가! 승우는 정란 자신뿐만 아니라 어느 여자가 봐도 매력적인 사람이고 호감이 가는 남자였다.

정란은 일말의 부러움을 채 감추지 못했다.

“어째 좀 서글프다. 이젠 나만 남았잖아. 진작에 나도 승우 씨 같은 연하의 남자 하나 잡아둘걸.”

“그러지 그랬니?”

“근데 안 보이더라, 승우 씨 같은 남잔. 연하고 연상이고 동갑내기고 간에 그런 남자는 없더라고. 일이 잘 안 풀리더니 너 사람

하나는 제대로 만난 거야. 승우 씨에게 너 무지 잘해 줘야 돼."

"호호호, 가끔 학창 시절 떠올리면서 군기 한번 잡아 보지 뭐. 지난번에 늦게 나왔을 때 내가 얼차려를 시켰더니 정말 따라 하더라."

정란은 시샘 어린 눈길로 입술을 삐죽거렸다. 정란은 독신을 고집하지는 않았지만 사랑과 결혼은 정말로 사랑하는 사람과 하고 싶었다. 하지만 접근해 오는 사내들이란 의사라는 직업에 먼저 빠진 속물들이 대부분이었다. 정란은 서서히 남자 없이 사는 쪽도 생각을 해 두고 있었다.

정란은 자조 섞인 위로를 스스로에게 던지듯이 말했다.

"이왕 늦었는데 뭘. 독신도 괜찮을 것 같아. 세상에 수많은 사내들이 있어도 내 마음 하나 못 빼앗는 쭉정이들뿐이잖아. 차라리 혼자 사는 게 속 편하지."

"그래도 좀 그렇잖아. 가슴의 통증 같은 그 놈의 결핍감……!"

"이 기지배야. 개구리 올챙이 적 생각 못한다고, 자기가 앞장서서 독신 부르짖어 놓고 이젠 완전히 딴소리네. 하긴 뭐…… 그래, 나도 남자란 수컷은 곁에 없어도 아기 하나는 키워 봤으면 해. 내가 산부인과 의사여서가 아니라 아기…… 그거 정말 신비하고 매력적이거든. '생명!'이라는 말에 딱 어울린다고. 우리 정도 살았다면 이미 웬만큼 살아 '목숨'이지만 아기는 '생명' 그 자체야. 기회가 주어진다면 나도 정말 내 아기 하나는 만들든 얻든 간에 키워 보고 싶어."

"만들든 얻든 간에? 어째 뉘앙스가 좀 묘하다. 궁상맞은 것 같기도 하고, 비장한 것 같기도 하고……."

"웬수! 가진 자의 횡포를 맘껏 부리는군. 어쨌든 잘살아라. 근데 그럼 네가 하던 일은?"

"승우 씨가 스폰서 돼 주겠대. 걔 학교 다닐 때 날 기막히게 도와 줬었잖아. 번역, 통역에서부터 물 떠다 주고, 커피 뽑아 주고, 캔맥주 짱 박았다 갖다 주고."

"또 종으로 부려먹으려고 하는구나. 참, 솔직히 까놓고 얘기하면 승우 씨 같은 남자가 왜 너 같은 덜렁이와 왈패를 뒤섞어 놓은 노처녀를 좋아하는지 정말 이해가 안 간다. 그 대상이 나라면 또 모를까. 나 봐, 그래도 꽤 우아하잖니? 나 같은 선밸 놔두고 하여튼 간에 승우 씨 걔 눈 삐었어!"

"어머머, 너 승우 좋아하는구나."

"좋아한다. 몰랐니? 어쩔래? 나 줄래?"

"그게 준다고 줘지니? 그냥 뺏어 가야지. 능력 있으면 뺏어 가 봐. 정말이야."

"기지배, 정말 못됐어. 승우 씨가 일편단심이니까 이젠 완전히 안하무인이야."

"시답잖은 소리 그만하고 너 나한테 장롱 하나 해 줘라."

"뭐어? 이게 불난 데 부채질하네. 네가 뭐가 예쁘다고 장롱을 해 줘. 꿈도 야무지시네."

"너, 돈 쓸 데도 없잖아. 그냥 눈 딱 감고 하나 해 줘. 나도 너

갈 때 하나 맞춰 줄게."

"속보이는 말, 내 심정 북북 긁는 말 하지도 말어. 너 내가 결혼 못할 거라고 보는 모양인데, 나 너 꼴보기 싫어서라도 한다. 어쨌든 그런 밑지는 거래는 절대 안 해."

"정란아⋯⋯, 제발 ⋯⋯!"

"망할 것! 냉장고 하나 해 줄게."

"만세! 대빵 큰 걸로?"

"얼음 장사할래? 5백 리터짜리면 충분하잖아."

"그래그래. 그거면 넘치고 넘친다. 아, 도대체 그 큰 냉장고 속을 어떻게 다 채워 넣을까 벌써부터 걱정이네. 호호호, 요즘 느닷없이 웃음이 나와서 죽을 지경이야. 혹시 이거 심각한 병 아니니?"

정란의 눈이 샐쭉해지더니 눈빛이 가시가 되었다.

"너, 병이 아니라 악취미 생겼구나. 이 기지배야, 누구 복장 터지는 걸 보려고 이러니. 차라리 날 죽여라!"

이별노래

떠나는 그대
조금만 더 늦게 떠나준다면
그대 떠난 뒤에는 내 그대를
사랑하기에 아직 늦지 않으리

그대 떠나는 곳
내 먼저 떠나가서
나는 그대 뒷모습에 깔리는
노을이 되리니

옷깃을 여미고 어둠속에서
사람의 집들이 어두워지면
내 그대 위해 노래하는
별이 되리니

떠나는 그대
조금만 더 늦게 떠나준다면
그대 떠난 뒤에도 내 그대를
사랑하기에 아직 늦지 않으리
　—정호승의 〈이별노래〉

느닷없이 들이닥치는 것들

　　신혼의 낮과 밤들은 미주가 꿈꾸던 그대로였다. 아주 바빴지만 미주와 승우는 행복했다. 같이 잘 수 있는 밤이 준비되어 있었고, 같이 눈뜰 수 있는 아침이 두 사람에게 잊지 않고 배달되었다. 같이 있다는 것, 그것이 두 사람에겐 행복의 근원이었다.

　　일을 마치고 집에 돌아갈 때마다 미주는 마음이 늘 편안했다. 승우가 만들어 주는 생활의 휴식처인 가정. 미주가 영화 일을 마치고 돌아오면 언제나 저녁이 식탁에 차려져 있었다. 결혼 전 그녀가 그를 6년 만에 만나 만취했던 날, 눈을 뜨자 손이 닿을 거리로 당겨진 탁자 위에 술병 방지 내복약과 피로 회복 드링크, 요플레와 주스, 겔포스 한 갑이 통째로 놓여 있었듯이.

수저 옆에는 늘 짧은 메모가 있었다.

'오늘은 조갯국이야. 데워서 먹어. 거르지 말고 꼭!'

남편 승우는 〈한밤의 팝세계〉가 끝나고 새벽 2시면 어김없이 집으로 돌아왔다. 과일이며 장미, 프리지어, 케이크, 만두, 순대, 떡볶이 등을 매일같이 사 들고서. 미주가 그때까지 잠을 자지 않고 비디오를 보거나 작업을 하고 있으면 두 사람은 가출한 소년 소녀처럼 사 온 것을 방바닥에 놓고 장난을 치며 먹었다.

미주는 일주일의 반은 잠든 모습으로 승우를 맞았다. 승우는 잠자는 아내를 들여다보고는 옷을 벗고 샤워를 한 뒤 미주가 깨지 않게 조심스레 이마에 입을 맞추거나 이불을 다독거려 주고 그 옆 잠자리에 들었다.

아무리 노력을 하고 신경을 써 준다 해도 생활은 군더더기가 많이 붙는 것. 아주 드물지만 가볍게 말다툼이 일어나기도 했다. 일에 지쳐 사소한 것을 가지고 짜증을 내는 쪽은 항상 미주였다. 그럴 때마다 승우는 눈치를 살피며 미주의 기분을 풀어 주기 위해 기회를 잡아 어리광을 부렸다.

결혼한 지 6개월이 되자 그들의 생활은 완전히 자리가 잡혔다. 집 안에서 해야 할 각자의 역할이 조정되었다. 사랑과 신뢰의 기본은 성실이라고 굳게 믿는 승우는 세탁기를 돌린다든지, 청소며 설거지까지 자기가 해야 할 날과 주일을 꼭 지켰다. 언제나 펑크를 내는 쪽은 미주였다.

미주는 정말 눈코 뜰 새 없이 바빠졌다. 자신이 써 두었던 시나리오를 자본과 기획이 좋은 영화사에서 같이 해 보자고 덤벼 들었기 때문에, 그녀는 물을 만난 물고기가 되었다.

미주로선 승우와 결혼한 것이 행운이었다. 승우는 자기가 아는 라인을 미주에게 유리하도록 대 주었고, 미주 대신 사람을 만나 설득하는 작업도 잘 해냈다.

미주의 이름은 통하지 않았지만 FM 라디오 간판 프로 프로듀서인 승우의 이름은 통했다. 멋지고 실력 있는 남자의 아내라는 이유로 미주 또한 눈에 보이지 않는 능력을 가진 여자(?)라는 프리미엄까지 얻은 것이다. 이젠 그녀를 만만하게 대하는 사람은 없었다. 같은 문화밥을 먹는다는 게 그런 것이다. 가수와 매니저에 대해 영향력을 행사할 수 있는 승우는 한 다리만 건너면 영화 판까지도 튼튼하게 줄이 닿았다. 영화 제작자나 톱배우들도 그의 프로에 구미를 당겨했다. 전국 청취율 수위를 달리는 그의 프로에 초청자로 나가거나 제작된 영화 광고를 위해 미주를 통해 숨 가쁘게 로비를 해 올 정도였다.

결혼 4년 동안 미주는 자신의 손으로 무려 세 편의 영화를 만들었다. 자신이 썼던 두 편의 시나리오 중 멜로드라마는 서울 관객 동원 수 45만이라는 준대박을 터뜨렸다. 한 편은 손해를 보았고, 시나리오 공모 작품을 영화화한 것은 본전치기에 그쳤다.

충무로에 입성하면 예술 영화에 대한 열망이 아무리 강해도 대부분 어쩔 수 없이 상업 영화 한두 편을 크게 띄워 놓고 마음먹은 예술 영화 한 편을 찍겠다는 타협을 본다. 상업 영화로 돈을 벌어서 찍고 싶은 것을 찍겠다는 뜻이다.

미주는 국내의 몇 안 되는 능력 있는 여성 감독으로서 자리를 확보했다. 그것은 몸과 시간을 아끼지 않고 길을 뚫어 주고 전폭적인 받침대와 방패막이의 역할을 해 준 승우의 도움과, 미주의 실력이 이루어 낸 개가였다. 영화 세 편을 남긴 결혼 생활 4년은 마치 수첩의 낱장을 넘기듯이 지나가 버렸다.

처음에 30평 전세 아파트에서 시작한 두 사람은 이제 45평 아파트의 주인으로 바뀌었다. 그리고 미주는 지난해부터 자체적으로 독립 영화사를 운영하기 시작했다. 규모는 그리 크지 않지만 직원 열 명을 두고 영화 제작의 기초 작업과 기획, 홍보까지 전방위로 뛰고 있었다. 그녀가 하루에 약속하고 만나는 주요 인물들은 평균 10여 명, 신문사 기자, 영화 평론가, 교수, 시나리오 작가, 대기업 영상 관계자, 극장주 등 부지기수였다. 오전 10시에 집에서 나가면 평균 밤 11시 정도가 되어야 집에 돌아왔다.

그러나 이들 부부에게 언제나 행복한 일만 있었던 건 아니었다. 지난달 미주는 미국에 있는 남동생으로부터 청천벽력과도 같은 소식을 들어야 했다. 남편을 기다리다가 설핏 잠이 들었던 미주는 전화 벨소리에 놀라 잠이 깨었다. 새벽 1시 30분경, 남동생은 침통한 목소리로 어머니의 사고 소식을 알려왔다. 지난해 암으로 돌아가신 아버지에 이어 이번엔 어머니마저 교통사고로 지금 수술실에 들어가 계시다는 거였다. 몇 시간 뒤 어머니는 끝내 숨을 거두셨다. 미주는 다음날로 미국행 비행기에 몸을 실었다.

장례식을 치르고 한국으로 돌아온 미주는 당분간 아무 일도 손에 잡을 수 없었다. 어머니의 시신 앞에서 미주는 때늦은 후회의 눈물을 쏟아냈다. 손주를 안겨드리지 못한 것 또한 못내 마음에 걸렸다.

그러나 미주에게는 아직까지 아기가 생기지 않았다. 아마도 아기가 미리 알아서 지금 뱃속에 들어가면 엄마가 너무 정신이 없겠구나 하고 봐주는 것인지도 모르겠다. 하지만 승우는 외아들임에도 불구하고 한 번도 아기를 보채지 않았다. 미주 자신이 흘러간 영화 속의 여주인공 같아서 마음에 들지는 않았지만 걱정스러운 건 사실이었다. 미주도 이제는 아기를 원했다. 지금까지 냉담한 시어머니도 아기를 안겨 드리면 자신을 받아들일 거라는 생각도 들었다. 승우도 결혼 3년이 넘자 은근히 미주의 임신을 기다리는 듯했다.

결혼 후 처음 1년은 피임을 했지만 그 다음해부터는 아예 피임할 생각도 하지 않았다. 그래도 아기가 도무지 들어서지 않았다.

혹시…… 불임(不姙)?

4년째 아기가 들어서지 않는다는 것을 깨달은 미주는 정란이 의사로 있는 산부인과 병원으로 가서 검사까지 받았다. 아무 이상이 없어서 승우까지 검사를 받았지만 그도 멀쩡했다. 정란은 미주에게 일이 과하고 스트레스가 많아서 그럴지도 모르니까 잠시 쉬는 게 어떻겠느냐고 조언을 했다.

그러나 미주는 체력에는 자신이 있었다. 대학 내내 깡으로 버틴 체질이 도움이 됐는지 그녀는 지금껏 감기 한번 걸리지 않았기 때문이었다.

그런데 얼마 전에 감기에 걸렸다. 불현듯 '내 나이가 벌써 서른넷! 30대 초반을 넘어섰구나!' 하는 깨달음이 왔다. 아무리 그래도 개도 안 걸린다는 여름 감기라니! 이제 내 몸도 가고 있구나 싶었다. 으슬으슬 춥고 신열도 났다. 1998년 8월 16일, 광복절 다음날이었다.

미주는 코를 훌쩍거리며 압구정동 현대백화점 앞에 있는 자신의 영화사로 나가기 위해서 차트며 파일, 서류, 시나리오 대본을 확인하여 가방 속에 집어 넣었다. 오전 11시에는 새 영화를 제작하기 위해서 대기업 영상 지원단 단장인 김 이사와 힐튼호텔 커피숍에서 약속이 되어 있었고, 오후 2시에는 신문사 영화 담당 기자를 만나야 했다. 먼저 영화사에 들러 직원들과 하루 일을 체크한 뒤, 약속한 사람들에게 넘겨 줄 보완서류를 챙겨서 출발해야 했다.

에……엣취! 이……이런!

아무래도 감기 약을 좀 지어 먹어야겠다고 가방을 들고 일어서려는데 전화기가 눈에 들어왔다. 지난번에 불임을 체크받을 때 몸에 조금이라도 이상이 있으면 가볍게 여기지 말고 꼭 자신에게 전화하라고 신신당부했던 정란의 말이 떠올랐기 때문이다. 손목시계를 들여다본 뒤 잠시 망설이던 미주는 담배를 뽑아 물고 불을 붙인 뒤 수화기를 귀에 가져다 댔다.

"자리에 있었네?"

"웬일이냐? 네가 전화를 다 하고. 바빠 죽겠다며 한번 병원에 오라고 해도 죽어라고 안 오던 네가?"

"흐응, 가시 돋쳤네. 반가워할 줄 알았더니."

"칫! 근데 너 목소리가 왜 그래?"

"아, 이거…… 엣취! 들었냐? 오늘 아주 중요한 사람 만나야하는데 내가 지금 이 모양이다."

미주는 코를 훌쩍이며 말했다.

"감기? 언제부터 그랬어?"

"이틀 전부터 이래. 떨어질 것 같더니 내가 뭐 좋다고 엉겨붙네. 참! 후우—."

"담배 피우니?"

"그래."

"일단 꺼! 당장!"

"얘가 왜 이래?"

"껐어?"

"그래, 껐다 껐어!"

"너…… 그거 언제 있었어?"

"그거라니?"

"생리 말이야."

"야아, 그건 아니다. 내가 임신 증상도 모를 줄 아냐?"

"잔소리 말고."

"가만, 지난달에…… 없었던 것 같긴 한데. 너도 알다시피 내가 들쭉날쭉하잖아. 챙기지도 못하고. 두세 달 건너뛰는 건 별일도 아냐. 더구나 지난달에는 어머니 장례식 때문에 미국에 다녀오느라 다른 데 신경 쓸 여력이 없었구."

"딴 증상은?"

"뭐 내 만성 위장병은 너도 알 테고……. 힘이 좀 빠지긴 하지만 요즘 밥을 제때 잘 못 챙겨 먹었으니까 당연한 거고. 쌓이는 피곤감도 당연한 거고. 그렇지 뭐."

"너 나가는 길에 약국에 가서 약 지어 먹을 작정이지?"

"당연하지. 바이어 얼굴에 침 튀길 일 있냐?"

"그렇다면 일단 임신 진단 시약 써 보고 확인한 뒤에 감기약 지어 먹어. 그전엔 절대로 약 먹으면 안 돼."

"야, 감기 증상이면 다 임신이냐?"

"모르는 일이야. 너 아기 가지고 싶지?"

"물론이지. 이제 나도 좀 조급해졌잖아. 승우 씨도 말은 안 하지만 몹시 기다리는 눈치고. 시댁 생각해도 좀 그렇고."

"그러면 일단 시키는 대로 해. 안 그러고 네가 이쪽으로 오면 내가 확인해 주고."

"그쪽으로 어떻게 가냐? 방향이 정반대인데."

"그럴 줄 알았어. 일단 그렇게 하고, 만의 하나 반응이 나오면 두말하지 말고 나한테 달려와. 만사 제쳐놓고. 그건 약속할 수 있지?"

"그래. 그렇기만 하다면야, 그런 말 안 해도 내가 너한테 달려간다. 알았어. 나가 봐야 해. 전화 끊는다!"

자가 임신 검사를 해 본 미주는 소스라치게 놀랐다. 양성 반응이었다. 처음엔 믿지 않는 기분이었다. 갑자기 가슴이 쿵쾅거리고, 몸이 붕 떠오르는 것 같았다. 그…… 그렇다면? ……임신? 내가 아기를 가졌다고? 아…… 아냐, 자가 임신 진단 시약으로 100퍼센트 확신하기는 일러. 그래도…… 틀림없을 거야. 90퍼센트가 넘는 정확도의 공신력 있는 제품이잖아. 어머나어머나, 이걸 어쩌면 좋아. 내가…… 내가 아기를 가졌어. 미주는 환호성을 지르며 펄쩍펄쩍 뛰고 싶었지만 정란에게 가서 완전한 사실임을 확인받을 때까지는 침착해야 했다.

미주는 남편 승우의 얼굴이 떠올랐다. 승우가 얼마나 좋아할까. 정말 임신했다면 그는 천국의 기쁨을 표현할 것이다. 그가 정말 얼마나 기뻐 날뛸지는 상상이 안 갔다.

미주는 차를 몰고 영화사 사무실로 가면서 눈물까지 글썽거렸다. 30대 초반을 넘어서면서 미주는 내심 불안했었다. 이러다가 영영 아기를 갖지 못하는 게 아닐까 하고. 학교 동기들 중에는 대학 졸업 후 바로 결혼해서 벌써 학부모가 된 친구도 많았다. 차를 몰고 일로 인해 뛰어다니다가 교통 신호에 걸렸을 때 병아리처럼 노란 가방을 메고 하교하는 저학년의 아이들을 보면 가슴이 시린 적도 있었다. 나이가 많아서 정말 아기를 갖지 못하면 어떻게 하지? 그것은 연하의 남자와 같이 살면서 미주가 겪어 낸 마음 고생이었다.

그러나 이제 서광이 비친 것이다. 결혼 4년 차에 들면서 가정에 아기가 없다는 것은 보이지 않는 커다란 결핍이었는데, 이제 머잖아 엄마가 된다니, 미주는 날개가 막 돋아 난 것 같은 기쁨을 느꼈다.

사무실 앞에 차를 대놓고 미주는 핸드폰을 꺼내 들었다.

"정란이니?"

"……응? 너…… 그럼?"

오랫동안 절친한 친구라 정란은 미주의 목소리만으로도 알아차렸다. 그녀가 얼마 안 된 시간 안에 두 번째 전화를 걸어 온 것이라면……?

"그래. 나…… 나, 양성 반응이 나왔어."

"어머나! 야, 너 당장 와라. 그걸로는 안 돼. 확실하게 검사를 해 봐야지."

"오후 늦게 갈게. 오늘 잡힌 약속들은 다른 사람을 내보낼 수 없거든."

"그럼 네 시 반까지 와라. 아니, 네 시까지 올 수 있니?"

정란의 목소리도 흥분되었다. 한껏 들떠 있는 미주의 마음을 충분히 알고도 남기 때문이었다.

"네 시 반까진 어떻게 될 것도 같은데……."

"좋아. 시간 꼭 지켜!"

미주는 하루 종일 일이 손에 잡히지 않았다. 영화 자금을 틀어쥐고 있는 대기업 당사자를 만났을 때도 그전처럼 열정적으로 설명과 설득이 되지 않았다. 정말 임신했다면…… 30억은 들어가야 비주얼이 나오는 SF 프로젝트를 진행시키는 데는 무리가 있다는 판단이었다. 기획 실장을 대타로 뛰게 할 수도 있었지만 상대방은 감독이자 영화사 대표인 자신을 처음부터 끝까지 원할 것이었다.

미주는 몇 번이고 승우에게 전화를 하고 싶어 입이 근질거렸다. 밖에 나가 일을 하면서도 하루에 평균 두 통의 전화는 하는 승우였다. 시시콜콜한 얘기라도 그의 표현은 재미있고 언제나 듣는 사람을 기분 좋게 만들었다.

더없이 환한 표정으로 미주는 남편에게 날아가는 번호를 누르다가 그만두기를 여러 번 반복했다. 아무래도 좀 성급한 듯싶었다. 정란의 얘기를 듣고 나서, 그의 기쁨을 수소 폭탄처럼 터지게 만들 수 있는 약간의 장치와 기획을 한 뒤에 말해도 되리라는 기분에 들떠 있었다.

'나…… 임신했어!' 하는 말은 여자만이 남자에게 할 수 있는 천국의 전언이 아닌가. 그래, 우아하고 품위 있게.

미주는 두 번째 약속을 30분 정도 양해를 구해서 앞당겼다. 중앙 유력지 영화 담당 기자와 방송국 영화 프로를 맡은 프로듀서를 한 시간 간격을 두고 만났다. 외국 영화 홍보를 미주의 회사에서 맡았기 때문에 예고 프로 시간 조정과 영화 줄거리, 배우, 감독 경력이 들어간 보도 자료를 넘겨주고 큰 지면과 화면으로 다루어 달라고 부탁해야 했다. 깐깐하기로 유명한 사람들이어서 대표가 나서지 않으면 만나 주지도 않았다.

그러다 보니 미주는 점심은커녕 물 한 모금도 제대로 마실 시간이 없었다. 사무실에 나가 오전에 커피 한잔을 마신 것이 전부였다. 하지만 오늘은 피곤감도 배고픔도 전혀 느껴지지 않았다. 어서 빨리 일을 마무리짓고 정란에게 가려는 마음과 아기에 대한 두근거리는 생각으로 가득했다.

임신이 확실하다면 그녀는 4년 동안 줄곧 달려오기만 했던 정신없는 일과에서 미련 없이 멈춰 서기로 했다. 처음으로 가진 아기였다. 아기에게 무리를 주는 일과 스트레스는 일절 피해야 했다. 현재 진행 중이지만 확정되지 않은 자사 영화 제작 프로젝트는 출산 뒤로 미루거나 CDS 1년 후배인 기획 실장 대행 체제로 바꾸면 틀이 잡힐 것이다. 나머지 홍보와 관련된 일은 자기가 없어도 기획 실장이 책임을 맡아 무리 없이 잘 해 나갈 수 있을 것이다. 따지고 보면 대학 졸업 후부터 8~9년, 대학 CDS 영화 그룹에 들어간 것까지 더하면 미주는 영화 일로만 10년 넘게 하루도 쉬지 않고 강행군을 해온 셈이다.

안 그래도 장기간의 휴식과 재충전의 기간이 필요하다고 생각했었다. 임신이 아니라면 여유 있는 휴식은 불발에 그치겠지만, 정말 임신했다면 집 안에 과일을 가득 쌓아 놓고 마음껏 두 다리를 뻗고 앉아 레몬이며 귤을 까먹고 있는 자신의 모습을 상상했다. 그 동안 시간이 없어서 보지 못한 비디오를 실컷 보면서 말이다. 메모지를 옆에 두거나 머리를 굴리지 않고 그저 '킥킥킥 재미있네!' '흑흑흑 슬프네!' 하면서. 여느 임산부들처럼 매일 남편을 곯려 주는 맛도 재미있을 것이다. 입덧을 빙자해서 희귀한 과일과 구하기 힘든 음식만을 먹고 싶다고 말해야지.

승우가 자신을 공주처럼 잘해 준 건 사실이지만 이젠 여왕으로 승격해서 여왕처럼 굴어야지, 하고 생각하니 미주는 마냥 행복한 기분이었다. 여자들만이 느끼는 배가 부르고 가슴이 부르는 기쁨. 이 감정을 미주는 이제야 처음 느껴 보는 것이다. 전혀 예상 못한 선물을 받고 마냥 즐거워하는 아이처럼.

미주는 손목시계를 들여다보며 정란이 있는 종합 병원으로 차를 몰았다. 이미 정란에게는 가는 길이라고 통화로 알렸다.

만의 하나 임신이 아니라고 하면 어떻게 하나? 미주의 미소를 잠시 지우는 것은 그 생각뿐이었다.

"얘, 축하한다!"

"……그럼?"

"그래, 임신이야. 놀랍게도 벌써 3개월이 넘었는데? 어떻게 그러고도 몰랐냐? 네가 망아지처럼 들뛰며 돌아다니는 데도 아기가 용케 자리를 잡았다 애. 안심해도 돼!"

"버…… 벌써? 난 입덧도 안 했는데."

책상으로 돌아가 기록 카드를 작성하는 정란 앞에 옷을 수습하고 앉은 미주의 얼굴은 기쁨으로 터질 것 같았다.

"입덧을 전혀 안 하는 임부들도 많아. 다른 증상은 없니?"

"속이 좀 메슥거리고 구토 기는 간혹 있었어. 원래 내가 대학 때부터 위가 안 좋았잖아. 속이 더부룩한 소화 불량 기는 어제오늘 일도 아니고."

그렇게 말하면서도 미주는 연신 입을 벙긋거렸다. 아랫배에는 손을 가져다 댄 채였다. 임신했다는 얘길 들어서인지 아랫배가 조금 도톰해진 기분이었다. 아기가 더없이 대견했다. 전혀 신경도 써 주지 않았는데, 아니 정란의 말마따나 아침부터 저녁 늦게까지 들뛰고 다녔는데 소리 없이 찾아와 준 것이 너무나 고마운 느낌이었다.

"너처럼 자기 몸에 무심한 사람도 드물 거다. 거의 무지한 정도지. 다른 건? 혹시…… 식은땀이 나거나 어지럽거나 갑자기 힘이 빠지거나 그러진 않았니?"

"글쎄…… 내가 왜 깡다구 체질이잖어. 근데 네가 그렇게 말하니까 좀 그랬던 것도 같다. 요즘 의자를 찾아 앉는 일이 잦았거든. 피곤이 누적돼서 말이야. 체중은 약간 떨어졌더라. 몸매 걱정을 해서 다이어트도 좀 했거든."

"체중? 얼마나?"

"1.5킬로그램 정도. 임신 안 했으면 2킬로그램은 더 빼야 돼. 내가 얼굴보다도 몸매가 죽이잖니? 승우 씨는 나보고 타고난 소녀 몸매래. 앞으로 몸매가 망가질 걸 생각하니까 좀 그렇다 그치?"

"……하여튼 간에 넌 못 말리겠다."

"정말 믿기지 않아. 내 몸 속에서 뭔가가 자라나고 있다니! 생각하니까 무지무지 감동스럽네. 눈물이 왈칵 나잖아, 나 봐!"

"나도 정말 기쁘다. 너무나 잘됐어. 승우 씨가 이 소식 들으면 펄쩍펄쩍 뛰겠구나. 까무러치겠는걸."

"그래도 참아야 돼. 전화로는 말고 분위기 좋은 데서 턱을 한껏 쳐들고 다리를 꼬고 말할 거야."

"무릎을 꿇고 경배하란 듯이?"

"그래, 바로 그거야! 너, 괜히 승우 씨한테 선수쳐서 바람구멍 내면 안 돼! 알았지?"

미주는 환한 미소를 머금으며 눈가에 맺힌 물기를 손수건으로 찍어 눌렀다. 엄마가 된다는 것, 승우와 자신의 아기를 낳는다는 것, 그 아기를 사이를 두고 두 사람이 함께 자고 일어난다는 것, 생각만 해도 가슴이 벅찼다.

친구로서 같이 기뻐하는 와중에도 의사인 정란은 찬찬히 미주의 혈색이며 안색을 살폈다.

"정란아! 나 물 좀 줘. 정말 오늘 이 병원에 오느라 발에 불이 나도록 뛰어다녔다."

"점심도 못 먹었니?"

"점심이 다 뭐니? 물 한 모금 제대로 못 마셨다니까!"

"그래?"

정란은 물컵을 건네다가 어떤 생각이 들었는지 다시 제자리에 가져다 놓았다.

"너, 나 따라와!"

"아니, 애가 왜 이래? 나 갈증 나. 어서 물이나 줘."

"환자면 일단 의사의 지시에 따라."

"야, 애 가졌다고 무슨 환자가 되니?"

"모르는 소리. 병원에 왔으면 모두 환자로 분류되고 환자는 의사 지시에 절대로 따라야 한다고 명시돼 있어."

"어디 가는데?"

"일단 한번 가볍게 체크해 보자. 그래야 내가 안심하고 너와 태아의 건강을 돌볼 수 있을 것 같으니까. 마침 네가 먹은 것도 없다니까. 검사도 쉽고 간단해."

정란이 어리둥절해 하는 미주를 데려간 곳은 1층 복도 끝에 있는 방사선과였다. 5분도 안 걸리니까 위 검사를 한번 해 보자는 것이었다.

"야아, 싫어. 갑자기 애가 뚱딴지처럼 왜 이래?" 하는 미주에게 정란은 흰 조영제 액이 담긴 겔포스 같은 것을 내밀었다. 젊은 남자 기사가 이미 기기를 작동시키고 있었기 때문에 미주는 하는 수없이 그걸 마셨다. 대학 후반기부터 자주 복용했던 제산제 맛과 비슷했다.

미주가 마신 조영제는 위 전체를 하얗게 사진 촬영하게 하는 것으로, 위점막 전체를 희게 바르는 역할을 했다. 불만 섞인 입을 삐죽 내밀면서 기기 앞에 선 미주를 보며 정란은 미소를 지으며 고개를 끄덕였다.

미주는 대학 때부터 몸을 학대시켰다고 할 수 있다. 술과 담배에 불규칙한 식사, 심지어 하루에 한 끼조차 안 먹은 경우도 허다했다. 그래서 대학 4학년 때부터는 위장약을 입에 달다시피 하며 지냈다. 정란은 그게 오래 전부터 못내 마음에 걸렸던 것이다.

종합 병원에 근무하게 되면서 정란은 별의별 일을 다 겪었다. 멀쩡한 사람들이 갑자기 쓰러져 죽어 나가는 일이 허다한 게 병원이었다. 응급실과 내과 병동만큼은 아니겠지만 산부인과 병동도 위태로운 목숨을 다루어야 하는 일이 적지 않았다.

병원에 근무하면 누구나 건강을 자신하는 것만큼 어리석은 게 없다는 생각을 자연스럽게 하게 된다. 죽음은 결코 먼 곳에 있지 않았다. 아주 가까운 곳에 있으면서 느닷없이 들이닥치는 일상사였다.

흔한 예를 들자면 나이와 관계없이 멀쩡하게 출근하고 등교하고 놀러 가고 일하던, 건강하기 이를 데 없던 사람들이 갑자기 쓰러져 목숨을 잃는 숫자가 우리 나라에서만도 한 해에 2만 5천 명이다. 부정맥과 심근경색, 뇌출혈 같은 것이 불시에 돌연사와 급사를 일으키는 것이다. 자기 목숨이 자신의 것이 아니라는 뜻이다.

정란은 오래 전부터 미주의 건강을 체크해 보고 싶었다. 미주가 늘 바쁘다는 핑계로 고사했기 때문에 지금껏 할 수 없었을 뿐이었다.

검사는 5분도 안 걸렸다.

"생사람도 환자 만들어 병원 돈 벌어 주려고 안달이 났구나 너. 나, 이건 돈 못 내. 알았니? 니가 내야 돼!"

"알았다. 이 고집불통아!"

촬영 기사가 정란에게 커다란 필름을 건넸다. 미주는 나가기 위해 문 손잡이를 잡느라 젊은 기사의 얼굴을 보지 못했지만 그의 안색은 어두웠다. ……설마, 하는 느낌이 엄습한 정란은 재빨리 한쪽 벽면에 형광판이 설치된 뷰어 박스 쪽으로 필름을 쳐들었다가 얼른 내렸다.

가슴이 쿵하고 내려앉았다. 정란은 도저히 믿기지 않는다는 듯 다시 필름을 쳐들어 보고는 눈을 질끈 감았다. 눈앞이 캄캄했다. ……이게 웬 날벼락이람! ……설마가 사람 잡는다고 하더니만. 이런 날벼락이! ……하필 ……너무나 공교롭게!

정란은 다리가 후들거렸다.

"애, 너 안 나갈……, 뭐야?"

"뭐가?"

찰나였다. 몹시 당황한 눈빛의 일부를 정란은 채 숨기지 못했다. 정란은 순간 딱딱하게 경직된 얼굴이었다가 황급히 어색한 웃음기를 머금었다.

"나가자."

"아, ……글쎄, 뭐냐고? 뭐 잘못됐니?"

"아냐. 괜찮아. 나가자니까."

"얘가 왜 이래? 너…… 너…… 들고 있는 필름 줘 봐."

"어이구 내 참, 어이가 없다! 아무리 친구라도 의사인 나한테 너 좀 너무한다. 이건 의사가 보관하는 거야."

"아, 글쎄…… 나도 한번 보자고. 내 사진 내가 한번 보겠다는데, 너 정말 왜 이래?"

"이상 없어. 내가 보증해. 정 기사님, 필름 받아요."

젊은 기사가 필름을 받아 봉투에 넣자 미주의 얼굴은 새파래졌다. 분노가 눈에서 불꽃처럼 튀었다.

"너, 지금…… 뭐 하는 거야? 장난하는 거니?"

"나가자. 나가서 얘기해."

"아저씨! 그것 보여 주세요. 당장 보여 달란 말이에요. 시시하게들 굴지 말고!"

젊은 기사는 난처한 표정으로 정란을 쳐다보았다. 정란은 화가 벌컥 나서 기사의 손에서 봉투를 낚아채 미주의 가슴팍에 던졌다.

"야, 봐라 봐! 뭔 말을 들어먹어야지. 전부 다 자기 하고 싶은 대로 하고 야단이야!"

"흐으응, 진작 보여 주지 그랬어?"

미주는 노기에서 금방 장난스럽게 표정이 바뀌어 있었다. 암 환자가 나오는 영화를 찍은 적이 있던 미주는 필름 보는 상식을 어느 정도 터득하고 있었다. 암 필름도 여러 장 봤다. 팔짱을 끼고 필름을 꺼내는 미주의 손이 가볍게 떨리는 것을 본 정란은 고개를 돌려 외면했다. 눈을 질끈 감았다. 미주는 뷰어 박스를 향해 필름을 천천히 들었다.

잘록한 위가 예쁜 주머니처럼 희게 보였다. 하지만 위의 등쪽 선이 두 군데 동전 크기로 움푹움푹했다. 위의 윗부분 관이 만나는 곳 오른쪽 한 군데와 거기에서 10센티미터 정도 내려온 중간 부위도 어둠에 먹힌 흔적이 뚜렷했다. 건강한 정상적인 위는 선이 완만한 곡선을 이루는데, 이건 그렇지 않았다.

일순간 필름을 든 미주의 손이 파들파들 떨렸다.

"저…… 정란아, 뭐야? 이…… 이게 대체 뭐야?"

"……그걸로는 아직 단정지을 수 없어. 조직 검사를 해 봐야 확실한 걸 말해 줄 수 있어."

정란을 향해 미주는 천천히 한 발 다가섰다.

"……그래? 그래…… 근데 이게 단순한 염증은 아닐까? 악성 말고 그냥 종양 같은. 이렇게 나오는 것 중에 그럴 가능성도 있다던데."

"……그래. 그럴 수도 있어."

미주는 다시 한 번 필름을 들어 쳐다본 뒤 핏기가 완전히 가신 얼굴로 혼자 중얼거렸다.

"마…… 만약, 이게 위…… 위…… 위, 위암을 말해 주는 거라면 내가 위암? 핫, 이건 마…… 말이 안 돼, 도무지. 정란아, 너 이게 말이 되…… 된다고 생각하니? 이건 웃겨도, 웃겨도 너무 웃기는 일이야!"

여름철

태평스런 여름철,
고기는 물에서 뛰놀고
목화는 하얗게 꽃을 피웠네.
아빠는 풍요함을 지니고
엄마는 기분 좋은 모습.
그러니 아가야 울지 말고
고이 잠자거라.
어느 날 아침에 너는
노래하며 일어서거라.
나래를 활짝 펴고
저 푸른 하늘을 차지하리라.
그날 아침까지는 아무도
너를 해칠 자 없으리니.
엄마와 아빠가
네 곁에 있는 동안은.
—Summertime

샘 쿡과 제니스 조플린의 노래로, 승우가 미주의 임신 소식을 들은 뒤 FM에서 자주 틀었던 곡.

선택

8월 29일

미주는 고양이처럼 소파에 웅크리고 앉아 있었다.

밖은 여름 소낙비가 한차례 쏟아 부은 뒤 잠잠해졌다. 미주는 무릎 위에 턱을 얹고 눈을 부릅뜬 채 꼼짝도 하지 않았다.

지난 주에는 위 내시경 검사를 했다. 세포를 떼어 내 정밀 검사를 한 결과도 이틀 전에 나왔다. 틀림없는 위암이었다. 그것도 한참이나 진행된 위암 3기. 승우는 아직 아무것도 모르고 있었다. 미주가 아기를 가졌다는 것도, 위암 3기라는 것도. 단지 그는 미주가 몸살 때문에 컨디션이 좋지 않아 며칠 푹 쉬는 정도로만 알고 있었다. 미주가 정란의 입 단속을 철저히 시켰기 때문이었다. 미주는 정란의 처사가 한편으로 몹시도 서운했고 야속했다.

정란이 방사선과로 느닷없이 손을 잡아 끌지만 않았더라도 미주는 한 달이든 최소한 며칠이든 드디어 아기를 가졌다는 기쁨을 만끽하며 남편과 함께 열광했을 것이다. 승우는 자신을 안아 빙빙 돌리고 말이 되어 '여왕 마마, 어서 안장에 오르십시오!' 하며 아파트 실내 곳곳을 태우고 다녔을 것이다. 얼굴에 쏟아지는 봄 햇살처럼, 소담스런 첫눈이 내리는 것처럼, 벚꽃이 얼굴에 떨어지는 것처럼 그는 자신의 얼굴과 손발에 수백 번의 키스를 했을 것이다.

기쁨을 온전히, 하늘의 선물을 온전히 누릴 수 있다는 건 얼마나 행복한 일인가. 그런데?

미주는 아직도 악몽을 꾸고 있는 것 같았다. 자가 임신 진단을 한 후 그 기쁨이 하루를 채 못 갔다. 정란에게 임신을 확인받고는 그냥 한번 받아 보자고 한 위 촬영 검사에서……. 정말 너무나 잔인하고 매정한 처사였다. 생명을 확인한 뒤 곧바로 머잖아 죽을 거라는 통보를 동시에 알려 주다니.

그리고 보면 미주에게 천국과 지옥의 거리는 10분 남짓한 거리였다. 인스턴트 커피 한잔 마시는 시간, 담배 한 대 피울 시간에 상황과 감정이 극과 극으로 바뀐 것이다. 누군가 그 무렵에 동전을 두 번 던진 것 같았다. 한 면은 천국의 기쁨, 한 면은 지옥의 초대장. 그렇게 누군가 미주의 운명의 동전을 두 번 던졌고 공교롭게도 결과가 그렇게 나온 것 같은. 희비극을 동시에 즐기려는. 빌어먹을, 그 작자가 대체 누구인가? 신은 너무나 멀리 있었고 그 두 현장에는 미주와 정란이 있었다.

망할 것! 내가 그렇게 안 받는다고 했는데.

암이란 괴물에 기습당할 때 당하더라도 당분간은 모르는 게 백 번 나았을 것이다. 아기를 가진 큰 기쁨을 망친 게 미주로서는 분통이 터졌다. 정란이가 더없이 미웠다.

절친한 친구란 것이 망쳐 놓았어! 내가 승우랑 결혼한다고 하자 시샘을 감추지 못하더니. 아기 가진 꼴은 도저히 못 봐주겠다 이거지?

처음에는 정란에게로 맹렬한 분노가 쏟아졌다. 몇 번이나 정란에게서 전화가 걸려 왔지만 미주는 꼴도 보고 싶지 않았다. 목소리조차도. 하지만 정란은 집요했다. 병원에 나와서 검사를 받지 않는다면 승우에게 당장 전화하겠다는 정란의 말에 미주는 조직 검사를 받았다. 결과는 미주의 예상대로 좋지 않았다. 암이라는 건, 특히 위암이라는 건 약간의 증상이 나타난 순간 이미 상당히 진전된 상태인 경우가 보통이기 때문이다.

암 전문의는 자료를 들여다보다가 정란의 옆에 앉은 미주에게 눈길을 돌렸다. 그의 눈빛은 그리 자신감 있어 보이지 않았다.

"흐음, 일단 입원부터 빨리 하시죠!"

"……그럼, 아기는 어떻게 되는 거죠?"

"태아 말씀이시군요······."

의사는 곤혹스러워하는 표정으로 바뀌는 정란을 흘끗 본 뒤 뒷목을 손 칼날로 툭툭 내리쳤다. 성의 없고 무례한 인상이었다.

"제 소견으로는 현재 부인께선 태아에 대해 신경 쓰실 만한 상황이 아닙니다. 상태가 이미 다른 기관으로의 전이까지 의심되는 정도니까요."

"아······ 아기를 포기하란 건가요?"

"일단 환자가 우선 아니겠습니까. 누구나 자기 목숨에 대한 애착이 먼저니까요. 환자께서 건강을 회복하신다면 임신은 또 가능합니다. 물론 임신 중기를 넘어선 경우거나 말기의 환자는 최소한의 조치만 내리고 아기를 출산한 뒤 본격적으로 치료하기도 합니다만."

미주는 냉정해지려고 애썼다.

"좀 정확하게 얘기해 주시죠. 구체적으로 앞으로 어떤 치료를 받는다는 건가요? 아기를 키우면서 받을 수는 없나요?"

그 말에 의사는 미간을 찌푸렸다. 짜증이었다.

"선배님! 그렇게 해 주세요. 이 친구는 지금 몹시 혼란스러울 테니까요."

정란이 착잡한 표정으로 부탁했다. 그러자 의사는 하는 수 없다는 듯이 메모지에 플러스펜으로 위 모양을 그린 뒤 설명을 했다.

"현재 부인 단계에선 외과 요법이 급선무이고 관건입니다. 여기 이렇게······ 여기, 여기 이 부위가 그러니까······ 일단은 위를 들어내야 합니다. 암 병소가 발견된 문제의 장기에 부속된 림프선까지 들어내고 여기…… 여기를 위 없이 바로 잇는 거죠."

의사는 펜 뚜껑을 가볍게 닫았다.

"아기는 포기한다고 생각하시는 게 좋습니다. 위를 제거하는 수술은 큰 충격이죠. 또한 필요에 따라 항암제가 처방되고 방사선 치료가 병행되어야 합니다. 자연 유산은…… 피할 수가 없습니다."

"……."

"입원부터 하시죠. 서두르시는 게 좋습니다."

의사는 약속이 있는지 계속해서 손목시계를 들여다보았다. 미주의 눈에는 의사의 태도가 매우 거슬렸다. 기껏해야 사람을 만나 커피나 마시고, 어느 골프장 캐디가 죽이더라, 술집 마담이 죽이더라, 따위의 너절한 얘기를 하기 위해 벼랑 위에 서 있는 내게 이러나 싶었다.

"선생님, 조금만 더 자세히, 솔직하게 말씀해 주십시오. 위를 다 들어내면 살 수 있다는 말씀입니까? 좀 전에 다른 장기로 전이 가능성도 장담 못한다는 뜻으로 말씀하셨잖아요."

"미…… 미주야! 그건 나중 일이야. 최악의 경우를 생각하고 미리 지레짐작할 필요가 뭐 있니?"

"제 생각도 닥터 허와 같습니다. 부인의 경우는 일단 절개를 하고 속을 들여다보아야 좀더 자세한 말씀을 드릴 수 있습니다. 흠, 배를 열면 일단 육안으로 보이는 암이 잔존하지 않도록 원발소

및 전이소를 완전히 다 제거합니다. 하지만 전이 흔적이 장기 도
처에서 발견되면 그냥 닫습니다. 수술이 가능하다고 판단하여 열
어 봤는데 막상 필요 없는 경우도 종종 있으니까요."

그 말에 미주는 피식, 가벼운 웃음이 나왔다. 이 작자는 환자의
배가 무슨 지퍼 달린 필통 같은 것인 줄 아나 봐. 한번 쓱 열어 보
고 되면 꺼내고 안 되면 그냥 닫고.

"암이 안 보이기도 한다는 뜻인가요?"

"……네. 육안으로는 보이지 않는 크기가 있다는 거지요. 다시
재발하는 경우가 그렇습니다."

"그런 경우는요?"

"다시 배를 열고 제거하기도 하고, 2차 수술이지요. 3차까지 재
발한다면 그때부터는 항암제를 집중적으로 써야겠지요."

"항암제요?"

의사는 이런 것까지 설명해야 하나, 하는 듯한 표정이 되었다.

"이해하기 쉽게 말씀드리자면 항암제는 독가스를 생각하시면
됩니다. 몸 속에 가스를 채우는 것이죠. 그래서 나쁜 암세포를 죽
이거나 증식을 더디게 만들죠. 물론 정상 세포의 손실도 감수해
야 하겠지요."

"제 몸 속에다가 무슨 화학전을 일으킨다는 말로 들리네요. 맞
나요?"

"네?"

"그러니까 선생님 말씀의 요지는, 확신할 수는 없지만 방법이

그것밖에 없으니 한번 해 봐라, 지퍼를 열듯 배를 북 째서 잘라 낼 것 잘라 내고 다시 닫았다가 재발하면 다시 열거나 아니면 독한 약을 몸 속에 잔뜩 집어 넣어 화학전을 일으키고. 맞습니까?"

"으……흐음!"

미주는 벌떡 일어섰다.

"미…… 미주야! 왜 이러니?"

"결국 아무것도 장담할 수 없다는 거 아닙니까? 맞죠? 솔직하게 대답해 주세요! 그렇죠?"

"……그렇습니다만."

"아…… 아니! 선배님!"

"그러면 당신이 무턱대고 입원부터 하라고 하면 안 되죠. 최소한 낫게 해 주겠다는 신념이나 확신 정도는 보여야지, 안 될지도 모른다, 하지만 입원해라, 배를 갈라 보고 난 뒤에 얘기하자, 재발돼도 어쩔 수 없다, 한마디로 복불복이고 재수다. 당신, 의사로서 이런 투의 얘기가 말이 된다고 생각해요?"

정란은 당황했다.

"선배님, 죄송합니다. 얘 심정을 이해해 주세요. 미주야, 그만 둬. 무례하게 굴 이유가 없잖아."

"없긴 왜 없어? 암 환자를 다루는 의사는 환자에게 신뢰감을 줄 수 있어야 해. 너무 불안하니까. 참담하고 공포스러우니까. 그런데 저 사람은 마치 자신이 무료 시술이라도 해 주는 것처럼, 자신은 절대로 죽지 않고 마치 나를 죽였다 살렸다 할 수 있는 것처럼 거들먹거리는 자세로 앉아 능갈거리는 표정을 짓고 있잖아."

"난 그만 나가 봐야겠습니다."

놀람과 불쾌감에 얼굴이 붉게 물든 의사는 정란에게 내뱉듯이 말하고는 벌떡 일어나 책상 위에 놓인 차트를 들고 성큼성큼 문을 향해 걸었다. 미주는 그의 뒷머리에 대고 소리를 질렀다.

"그 정도면 누가 의사를 못 해? 나도 한다, 나도 한다구!"

"그럼 맘대로 하시오!"

의사는 한마디 던지고 화가 잔뜩 치민 얼굴로 문을 열고 사라졌다. 정란은 씩씩거리는 미주의 팔을 끌어당겨 앉혔다.

"너 정말 왜 이래? 그렇게 막 나가면 안 돼. 그 선배는 알아 주는 암 전문의고 권위자라고."

"권위자 좋아하네. 그딴 얘기나 지껄이면서 시술한다면 나도 하겠다. 신뢰감도 전혀 안 주고 환자에 대한 책임감조차 조금도 없잖아. 나이도 많아 봐야 40대 중반인 게. 전문의면 뭐 하냐고? 인간이 안 됐잖아. 인간이! 더러운 자식!"

미주는 분노감과 모욕감을 이기지 못해 부르르 떨다가 소파에 털썩 주저앉았다. 눈을 감았다가 다시 떴다. 그 동안 가슴속에서 몇 번이고 감정의 폭풍우가 지나갔다. 정신을 차리기 힘들었다. 왜 하필이면…… 하는 생각은 하지 않았다. 어떻게 이런 잔혹한 운명이 내게로 온 걸까 하는 생각도 하지 않았다.

미주가 자신의 몸을 돌보지 않은 것은 사실이었다. 위암에 걸리지 않으려면 30대엔 2년에 한 번씩, 40대엔 1년에 한 번씩 정

기적으로 고통스럽기 짝이 없는 내시경 검사를 받아야 한다. 미주 자신처럼 되지 않기 위해서. 발병을 막을 수는 없지만 조기에 발견하면 완치율이 8, 90퍼센트까지 이르는 것이 위암이다.

증상이 나타난 뒤 부랴부랴 병원으로 가 투병 생활을 한 사람들을 미주는 몇 명 알고 있었다. 대학 선배의 아버지, 40대의 시나리오 작가 한 사람, 그리고 엄마의 여고 단짝 친구였던 경옥이 아줌마. 세 분 다 병원 침대 위에서 돌아가셨다. 피골이 상접한 얼굴로 바깥바람 한번 쐬지 못하고 침대에만 드러누워 실험용 동물처럼 갖은 고통을 모두 다 겪어 내다가.

경옥이 아줌마는 수술 뒤에 상태가 호전되어 살 수 있다고 믿었다. 하지만 재발되었고 급기야는 식물 인간이나 다름없는 의식 불명 상태로 3개월을 끌다가, 가족들의 결정으로 인공 호흡기가 제거되었다. 얼마나 고통스러웠으면 경옥이 아줌마는 매번 가족들에게 눈으로 하늘을 가리키며 고개를 끄덕였다고 한다. 어떻게 생각하면 경옥이 아줌마도 몇 년은 더 자연 상태에서 살 수 있었을 텐데, 여러 차례 배를 째고 조직 검사를 하고 해서 환자의 건강을 엉망으로 망가뜨렸다고, 괜스레 큰돈을 쓰고 환자를 죽을 고생만 시키고 돌아가게 만들었다는 가족들의 얘기를 듣고 온 엄마가 언젠가 미주에게 말한 적이 있었다.

이런 저런 경험으로 미주는 암 병원과 암 전문의에 대한 불신이 컸다. 현대 의학의 수준이 문제가 아니라, 환자를 대하는 의사와 병원의 태도가 인간적으로 무성의하게 느껴진다는 것이 환자는 물론 가족들에게 큰 불만이고 상처가 되어 남는다는.

정란이 등을 다독여 주는 가운데 미주는 손수건으로 눈물을 찍어 냈다. 깊은 한숨이 새어 나왔다.

10대와 20대 내내 미주는 죽음을 가볍게 여겼다. 사는 게 어차피 죽어 가는 과정이고 보면 그 시기가 당겨진들 뭐 그리 큰 문제일 것이냐고 생각했다. 영화 촬영 현장에서 쓰러져 죽어도 여한이 없고 오히려 행복할 거라고. 승우를 다시 만나고 결혼하기 전까지 그녀가 현실을 살아 낼 수 있었던 힘은 그런 정신력이었다.

그런데 막상 자신에게 선고가 떨어지자 분노와 슬픔, 허둥거림과 착잡함, 불안과 공포가 수시로 엄습했다. 그러나 시간이 흐르면서 미주는 어느 정도 차분해질 수 있는 힘을 얻었다.

무엇보다도 결정을 빨리 내려야 했다. 미주가 선택할 수 있는 건 두 가지 중 하나뿐이었다. 병원에 들어가 투병 생활을 시작하는 것. 아니면 병실 침대를 거부하고 사는 데까지 꿋꿋하게 살아가는 것. 그 양 갈래 선택 길에서 그녀를 혼란스럽게 만드는 것이 태아였고 남편 승우였다.

미주는 그 동안 여러 곳에서 자문을 구했다. 암이 이 정도로 진전되었다면 의료적인 힘이 실제로 어느 정도까지 감당해 낼 수 있는가. 정말 태아는 포기하는 방법밖에 없는가. 투병을 시작했을 때 확률은 얼마나 되는가? 낫거나 재발할 확률은? 의료 조치를 받을 때 얼마만큼 살 수 있는가? 연장은 얼마나 가능한가? 의료 행위를 거부하고 그냥 버틴다면 얼마나 버틸 수 있는가? 고통은 어느 정도인가? 그렇다면…… 과연 아기를 낳을 가능성은 있는가? 건강한 아기는 가능한가?

당혹스러운 것은…… 경악스러운 것은…… 미주의 갈급한 의문에 대해서, 선택의 기로에 선 그녀에 대해서, 아무도 속 시원한 확신감을 주거나 신뢰감을 주지 못한다는 거였다. 수많은 병원이 있고, 첨단 의료 기기가 만들어지고, 암에 대한 무수한 이론과 학설이 쉼 없이 쏟아지고 있다고 해도 암 당사자에겐 너무나 무기력하게 느껴지는 것이 현대 의학이었다. 추측만이 난무하거나 '그건 아무도 모르죠' 하는 투의 대답 일색이었다. 또 한 가지는 미주 상태라면 현대 의학으로도 그리 좋은 결과를 기대하기는 힘들다는 암시의 말투와 인상을 풍기는 전문의들이 여럿이었다는 거였다.

정확히 말해서 의사 본인들도 암에 대해 잘 모르고 있었다. 그러나 한결같이 '그냥 죽을 수는 없지 않느냐? 병원은 당신이 암과 싸우기로 마음먹는다면 최대한 도울 것이다. 이기고 지는 당사자는 결국 당신이다. 당신이 하루라도 빨리 결론을 내려 주어야 당신과 우리 의료진이 힘을 합쳐 암 세포와 싸울 수 있지 않겠느냐' 고 얘기하고들 있었다.

적의 정체조차 모르는 멍청한 작자들! 한심해. 그런 것들이 가운을 입고 거들먹거리다니!

전화 벨이 울렸다.

"감기 몸살은 어때?"

남편 승우였다.

"그저 그래."

"내가 잘 아는 의사한테 물어 봤는데, 감기 몸살이 그렇게 떨어지지 않는 이유는 신종 바이러스 때문이라고 하더라. 여의도에 있는 제법 알아주는 내과 의산데 미주 너 데리고 나오래. 딱 떨어지게 처방해 주겠다고. 나오기 힘들면 증상을 세세한 것까지 메모해 오래. 약을 조제해 주겠다면서 말이야. 어떻게 할까?"

"괜찮아. 한결 좋아졌어."

"말만 그렇게 하지 말고. 너 요즘 기분이 완전히 가라앉았잖아. 몸 컨디션이 그 정도면 약 먹어야 돼. 너 내가 몇 번이나 약국에서 사 들고 간 약도 먹지 않는 것 같더라."

"정말 괜찮아지고 있어. 승우 씨, 신경 쓰지 마."

"그럼, 내가 네 증상을 잘 아니까 다시 약 지어 갈게. 그 의사 엄청 실력 있거든. 나 기다리지 말고 일찍 자. 설거지나 청소 같은 것도 신경 쓰지 말고 푹 자. 에어컨은 되도록 켜지 말고. 몸에 안 좋으니까. 끊는다."

미주가 뭐라고 할 사이도 없이 끊겼다. 그러더니 곧바로 다시 전화 벨이 울렸다.

"왜 또? ……승우 씨 아냐?"

"미주야, 나야!"

정란이었다.

"너냐? 왜?"

"왜라니? 이젠 너랑 말싸움하고 싶지 않아. 내가 수속 밟아 놨어. 네가 싫어하던 그 의사 아냐. 다른 병원이고, 암 전문 센터인데 전부 다 전문의들로만 구성돼 있어. 시설도 최고고. 승우 씨한테는 얘기했지? 승우 씬 뭐래? 당연히 너 입원하라지? 설마 아직도 안 한 건 아니지? ……애, 애! 너 내 말 듣고 있는 거니?"

"낫는다는 믿음만 갖게 해 주면 나도 그런다. 나도 살고 싶어. 간절히. 그래, 네가 보증 설래? 나 투병 생활로 골병만 들다가 죽이지 않겠다는 보증을 해 줄래?"

"…… 그래. 내가 할게. 하겠어."

"담당 전문의도 못하는 걸 네가 어떻게 한다고 그래?"

"너…… 정말 이렇게 나올래? 수많은 환자를 겪고 얘길 들었어도 너처럼 무지막지하게 나오는 애는 첨이다. 너 지금 시기를 놓치고 있는 거야. 이 순간에 마지막 기회를 잃어버리는 짓을 저지르고 있을 수도 있어. ……미주야, 한번 해 봐. 어차피 죽는다 치고 한번 원 없이 해 보자. 나도 도울 거고. 나…… 너도 그렇고 …… 승우 씨 생각하면 요즘 잠도 잘 안 오고 미칠 것 같다. 승우 씨가 널 좀 사랑하니? 넌 그 남잘 봐서라도 이러면 안 돼. 승우 씨가 나보고 뭐라고 그러겠니? 왜 진작 알려 주지 않았느냐고. 정말 이럴 수 있느냐고 나한테 미친 듯이 따지면 내가 뭐라고 그러겠냐?"

미주는, 승우에게 알리면 아파트 옥상에서 떨어져 죽지는 않아도 승우와 헤어져 집을 나가겠다고 했다. 한다면 해내는 그 성격을 익히 잘 아는 정란은 이러지도 저러지도 못하고 있었다.

미주는 전에 정란이가 했던 말이 떠올랐다. 자신들이 가진 것은 목숨이고 아기들이 가진 것은 생명이라고. 시간과 욕망의 때가 묻어 낡고 비루해진 냄새가 나는 헌 목숨과, 연둣빛 잎사귀와 이슬과 대기를 자유롭게 날아다니는 햇살이 녹아 있는 것 같은 생명. 그 생명을 미주는 자신의 뱃속에 가지고 있다는.

정란은 미주를 설득하기 위해 갈급한 목소리로 끊임없이 얘기하고 있었다. 미주는 수화기를 탁자 한쪽에 내려놓은 채 자신의 아랫배를 만졌다. 며칠 전부터 아이가 움직이는 것 같은 느낌이 들었다. 뭐랄까. 자그만한 물고기의 움직임. 그 경이로운 움직임. 그 느낌은 인생이 여자에게 주는 최대의 희열이었다. 10대와 20대에는 목욕탕에서 배가 불룩한 임산부의 벗은 몸을 보고 이마를 찌푸린 일이 여러 번 있었다. 얼마나 동물적으로 보였는지. 인간이기를 포기한 듯한 여자의 어눌한 움직임과 보기 흉한 체형을.

그러나 사랑하는 사람의 일부를 자신 속에서 꽃피워 내고 깨워서 키워 가고 있는 기쁨은 상상할 수 없을 정도의 행복감을 주었다. 마치 아주 작아진 승우를 뱃속에서 조금씩 키우는 기분.

내가 걸으면 아기도 걷고 내가 자면 아기도 자고 내가 먹으면 아기도 함께 먹는다는 놀라운 동일감은, 남자들은 도저히 느낄 수 없는 충만감이었다.

작은 천사를, 작은 천국을 뱃속에 담고 있다는 느낌.

하지만…… 뭐라고 말하기 힘든 칼날의 느낌이 문득문득 들지 않는가.

태아의 바로 위에서 암세포들도 확장하고 있었다. 아기의 생명 위에서 미주 자신의 죽음이 영역을 넓혀 가고 있었다. 그런데도 아기는 조금씩 싹을 키우듯 몸을 키워 미세한 움직임을 엄마에게 보내고 있는 것이었다.

'나…… 여기 있어…… 엄마…… 나야. 안녕! 엄마……' 하는 타전 말이다.

놀라워라. 삶과 죽음이라는 극과 극의 형태가 한 몸 속에서 활발히 움직이고 있다니……. 그 사실이 미주의 경악과 찬탄을 자아냈다.

아기는 희고 선한 천사. 암세포는 검은 악의 그림자.

그렇다면…… 찬찬히 생각을 해보자. 악을 제거하기 위해 …… 그래, 그 놈들 때문에 아기를 먼저 죽인다는 건 너무나 어이없고 잔인한 짓이 아닌가. 암을 완전히 죽인다는 보장도 전혀 없는데. 멀쩡하게 자라나는 아기를 없애 버리다니, 그럴 수는 없어. 절대로! 말도 안 돼. 자기가 살겠다고 아기를 죽이는 건 정말 내키지 않는 짓이야. 어떻게 가진 아기인데. 내가 투병을 해서 살 가능성도 희박하지만, 산다 해도 위를 들어낸 몸이 온전하지도 않고 재발이라는 공포에 내내 시달려야 하지 않는가. 만신창이가 된 몸으로 아기를 다시 갖는다는 건 거짓된 희망에 불과해. 유혹이고 자신을 속이는 비겁한 타협이지.

미주는 한 손을 아랫배에 다른 한 손을 가슴에 갖다 대었다.

아기 속에는 승우 씨도 나도 들었어. 그와 나의 사랑으로 빚어
낸 분신이지. 내가 여자로서 세상에서 가질 수 있는 유일한 아기
고 태어나게 할 수 있는 유일한 아기야. 그래, 기꺼이 내 목숨을
바칠 수 있어. 어떻게 해도 불확실한 게 내 목숨이고 죽는 목숨인
데 아기만 태어나게 할 수 있다면. 아기만 무사히 승우 씨 손에
안겨 줄 수 있다면!

미주의 눈빛이 빛나기 시작했다.

어떻게 해야 하나 망설이는 동안 불안과 공포, 두려움이 시시
각각 미주의 목을 조여 왔다. 하지만 아기 쪽으로 생각을 정리하
자 갑자기 용기가 생기고 힘이 나는 것 같았다. 숨을 크게 들이마
실 수도 있었다.

아기를 보호해야 돼. 아기가 무사히 태어날 수 있도록. 이제
는 그것만 생각하고 그쪽만 보고 가는 거야. 아기만 생각하고
아기를 위한 일만 생각하고 행동하는 거야. 난 상관없어. 아무
래도 좋아. 그래, 그러자! 더 이상 흔들림 없이. 절대로 흔들림
없이.

미주는 수화기를 들어 귀에 대 보았다. 전화가 끊겨 있었다. 미
주가 오랫동안 아무 말이 없자 정란이 끊은 것이다.

미주는 수화기를 들고 번호를 눌렀다.

"정란이니?"

"아…… 그, 그래. 미주야, 이젠 내 말대로 하는 거지? 나랑 같이 오늘 가는 거야. 그럼 중간 지점에서 만나자."

"정란아!"

"응."

"네가 좀 도와 줘."

"물론이야. 잘 생각했어. 최선을 다 할게. 승우 씨도 널 살려 낼 거야. 내가 장담할 수 있어."

"난 결정을 내렸거든. 내 뜻대로 할 수 있도록 네가 옆에서 좀 도와 줘. 부탁이야. 정란아!"

"……미……주야? 서……설마 너……?"

"그래. 아기를 낳을 거야. 다른 건 생각하지 않고 아기만 생각하기로 결정했어. 내 결정은 절대로 변하지 않을 거니까 너도 그런 쪽에 서서 나를 도와 주었으면 좋겠다. 어차피 의료적인 도움도 필요하게 될 테니까 네가 도와 줘야 돼."

"마……말도 안 돼. 미주야, 그건 너무나 어리석어……정말 너 바보처럼 굴 거니? 독종처럼 굴 거니?"

"정란아, 너도 마음을 가라앉히고 내 입장에서 생각하면 내가 왜 이런 결정을 내렸는지 누구보다도 충분히 이해할 거야. 생각해 보렴. 내가 희망을 걸 수 있는 건 암 퇴치 같은 게 아니고 내가 가진 아기를 무사히 낳는 거야. 나와 승우 씨 사이에 낳을 수 있는 유일한 아기잖아. 너무나 소중해. 이해하지?"

"……"

잠시 뒤 정란의 흐느낌 소리가 가늘게 흘러 나왔다.

"정란아, 미안해. 어째 내가 널 매번 힘들게 하는지 나도 잘 모르겠다."

"그래, 아직 통증은 오지 않았니?"

"아니, 전혀. 말짱해. 사실 난 지금도 내가 위암 3기라는 게 믿기지 않아. 평소와 똑같거든. 오진이라고 생각하려는 게 아냐. 단지 잊고 살다 보면 사람이 벼락을 맞듯이 하늘에서 내리는 기적이라는 것도 있지 않겠니?"

"……."

"승우 씨에게 말할 거야. 아기를 가졌다고."

"그 사실도 얘기해."

"아니. 그건 좀 뒤에 해도 늦지 않아. 어차피 나에 대해선 더 이상 늦을 것도 없는걸."

"아마…… 난 승우 씨한테 평생 너 때문에 원망을 듣고 살게 될 거 같다."

"도와 줄 거지?"

"……그래. 네가 꼭 그래야만 한다면 나로선 어쩔 수 없지. 하지만 네가 다시 생각해 주기를 바라는 마음도 간절해. 하루 빨리 번복하고 '날 살려 줘 정란아! 제발!' 하고 매달리면 내 마음이 덜 아프고 덜 죄스러울 것 같아."

"알아. 네 마음. 정말 고맙다!"

정란은 애써 감정을 자제하다가 뭔가 복받치는 듯 서둘러 전화를 끊으며 미주에게 말했다.

"언제 어떤 상황이든 필요하면 연락 줘. 무엇이든 네 뜻대로 즉시 해 줄 테니까."

〈2권에 계속〉

국화꽃 향기 ①

초판 1쇄 발행 · 2000년 6월 10일
초판 62쇄 발행 · 2000년 12월 18일
지은이 · 김하인
펴낸이 · 박광성
펴낸곳 · (주)생각의 나무
주소 · 서울 마포구 대흥동 339 서림빌딩 3층
전화 · 713-2277
팩스 · 713-4247(영업), 713-4248(편집)
www.itreebook.com
webmaster@itreebook.com
등록 · 1997년 11월 19일 제 16-1552호

ISBN 89-88045-93-9
ISBN 89-88045-92-0(전2권)